시의 씨앗이 움틀 때

대한문인협회 경남지회 동인문집

시음사
시사랑음악사랑

발간사

삶의 길이를 탓하지 않고
인생을 매워가며 일상의 부분에서
지회의 둥지는 눈앞에 섰습니다

힘겨움 있다 해도 사랑으로
세찬 날갯짓에 시로 인한 인생의 인연에
결정을 바꾸어 봅니다

지회에 체득한 힘의 원천인 '경남지회 동인문집'을
다듬어 마음 깊이 새기며
그 향기를 온 천하에 전하고 싶습니다

시의 작품을 피워내 옮겨 읽어가는 극치로
여기에 한 권의 책으로 펴내어 시를 사랑하는
많은 분을 위해서입니다

생활의 풍요로움과 마음의 안식을
안겨 드리는 성의로 최선을 다했습니다
경남지회의 모든 분과 시음사의 노고에
깊은 감사의 마음을 전합니다

대한문인협회 경남지회 지회장 김현도

목차

목차

목차

목차

목차

詩人 **강건호**

☆ 프로필

대한문인협회 시 부문 등단
(사)창작문학예술인협의회 회원
대한문인협회 정회원
대한문인협회 경남지회 정회원
대한문인협회 경남지회 (전)기획국장

수상
2016년 대한문학세계 신인문학상

♣ 시작노트

내 안에 고독한 또 다른 나를 찾아
먼 길 떠나는 집시처럼
바람에 실려 꽃 향에 실려
행복한 내일을 꿈꾸며
손도장을 찍었다

다시 한 번 나로 하여
잠시나마 일상을 멈추고
소소한 삶에 귀 기울여
나의 내면적 또 다른 시각으로 바라봐
주시길 바랍니다

감 / 강건호

호령 치든 곰방대
댓잎이 서걱거릴 때

집 지키든 똥강아지
꼬리치며 닭 쫓는다

오물오물 영감탱이
낭개 끝 까치밥 눈초리

담 그림자 길게 뻗어
호롱불 치맛자락 하늘하늘

새초롬한 홍시
입안 가득 호물호물

별밤도 야물 차게 익어간다.

혼불 / 강건호

여인네 가시나이다
여인네 가신나이다
붉게 타오른 노을 넘어
어여삐 홀로 가시나이다

버선코 앞선 걸음마다
피어오른 연꽃이여
첩첩산중 줄지은 연등처럼
불 밝힌 꽃불 따라

훌훌 털고 사뿐 가나이다
춘하추동 옷 한 벌에
가시리 가시나이다
꽃내음 묵향 따라.

그리움 / 강건호

낮 밤으로 발 꽂고 섰다
둥근달이 반쪽 되어 누굴 기다릴꼬
고독진 창가에 선 굽은 허리
꺾이어진 상달처럼 굴절되어
끓는 태양이 쏘아보다

본디 흙 속의 마음이었던가
꽁꽁 언 어둠에 말뫼
가지 끝에 매달린 하얀 천사의 노래

연못에 떠돌던 구름이 가지 끝에 매달렸다
울음의 눈물로 떨며 껴 붙든
아련한 자색 목련화야
네 어찌 그렇게 물들었는고.

해인사 일주문 아래서 / 강건호

세상아
넘쳐 모자란 세상아
무슨 소원 그리도 많아
빌붙은 가지마다
그 무게에 휘청거리네
다 거기서 거기인 곳
잘남도 못남도 벗어야 할 땅
휘감는 풍경소리 휘영청 밝은 달
두 손 모은 발아래
뒹굴며 쌓인 낙엽처럼
가을도 익어 생도 저문 문턱
춤추며 환히 웃는 노을처럼
이 가을로 꿈꾸다
나무아미타불 관세음보살.

문득 그리움에 가면 / 강건호

문득 그리움에 가면
개구쟁이 재잘대던 그 맛
쳐보고 싶은 풍금이 있다

코흘리개 시절
오밀조밀 박터지게 놀던
고소한 향이 간지럽힌 코끝

달콤한 배추밭이 있었고
매운 고추밭이 있었고
누런 황소가 한껏 베문 풀

새장 속의 새는 꽃이 된 지 오래다
그 미소가 그립던 생애 비빔밥처럼.

詩人 **강선기**

☆ 프로필

대한문학세계 시 부문 등단
(사)창작문학예술인협의회 회원
대한문인협회 정회원
대한문인협회 경남지회 정회원

수상
대한문학세계 신인문학상

♣ 시작노트

떨어지지 않는 결핍
누적된 삶 쪽에서 헤맨 순간
벗어나 쉼을 가져 잉크를 묻힌다

한 점 시샘에 설렘은 어디에선가 시의 향기가
코끝과 얼굴을 간지럽힐 때
시 속으로 다가간다

생의 한 부문 문학에
길을 터며 걸어갈 그 길까지는 언제나
시와 함께하는 마음이다

살다가 / 강선기

바람에 살아야 하는가
노을 속에 살아야 하는가
우리는 살아서는 바람이라

꿈꾸는 기다림 기다리고 살아서
살다 가는 이슬이라
흔적 남기는 상처

너와 나 숨길 때 아픔이듯이
살다가 힘든 날 없다면
구름도 바람피운다

가을 산은 안개 속에도
사랑 만들고 살아가니
살다가 그리우면

가을 산 찾아오는
바람으로 와서
갈대 속에 숨은 하늘을 만나자

너무 아파 마라 / 강선기

삶은 스치듯 지나가는 아침이슬 같고
위태롭고 불안하기에
서로를 의지하고 믿음을 만들고
약속을 강요하지

딱히 무슨 이유 속에 살았다기보다는
계절 속에 피고 지는 바람으로
머물 때가 더 많았지

지나간 것은 망각 속에 자리하고
다가오는 것은 기억 속에 기다림이 있을 뿐
비 오는 이유를 묻는 자 없듯이
바람 지나는 길을 아는 자 또한 없구나

인연으로 얽히고설킨 우리들의
한날 한날이 기억 속에 자리하는구나
만나는 날 그 새로움만을 기다리자
떠난 것은 흔적을 잃어버리고

머문 것은 약속일뿐

머무는 것은 무엇인가 / 강선기

헤어짐은 언제나 바쁘다
보내는 바람은 지나온 시간으로 밀려나고
떠나온 구름은 흔적을 쓸어 담아야 했다

술은 익어서 잔 속에 출렁이는데
노을이 먼저 와 울고 있네
너무 마음 조급하지 마세요

벌써 흰 구름은 노을에 물들어 버렸고
먹구름은 어둠 앞에 허연 속살을 내놓았네
그러다 저러다 마주 잡은 이별은

약속의 마음을 남기고
떠남 속에 자리하는 숲속에
아직도 여물지 못한 여름이 익어 버렸네

봄꽃 닮은 사람아 / 강선기

봄꽃이 이별을 말하는가
봄바람을 이기지 못하네
그리도 곱다. 예쁘라
말하여 자랑했는데

바람 살랑거리는 유혹에
온몸을 벗어주네
잡는다고 떠나지 아니할 그대의 길
가로막고 싶은 마음 너는 모르리

홀로이 남은 나뭇가지에
이름 모를 꽃잎 바람에 날려
살짝 기대여 보지만
봄꽃이 아니라 그 마음이 아파라

너를 보내는 마음속에 봄꽃은 시들어
그대를 원망한 봄나무 이별이라 말하니
씽긋이 비웃는 연둣빛 새로움이
나를 훔쳐보는 봄날
새로운 사람이 오려나 보다

머물 때 만나자 / 강선기

속세의 미움을 비우고 가라
처음으로 왔기에 낯설다 겁이 나시나
조심히 천천히 불어오는
산사의 바람은 오월의 산이 되고

아찔하여라 아스라이 멀어지는
물줄기 인연의 부름을 받았는가
가는 곳 몰라도 흐르나니
살은 이와 다름없는데

인연 맺어 만나니 돌아갈 시간이 먼저 오고
맺어진 약속은 바람 같구나
굽이굽이 휘저어지는 고갯길에도
기다리는 들풀이 다시오라 미소를 남기네

어이하랴 가는 곳 머무는 곳은
하얀 구름 앞에 놓고 가나니
돌아오는 길에 하늘이 보이면
바람 멱살은 잡고 애원하시라

詩人 **강선옥**

☆ 프로필

대한문학세계 시 부문 등단
(사)창작문학예술인협회 회원
대한문인협회 정회원
대한문인협회 경남지회 정회원

수상
대한문학세계 신인문학상
대한문인협회 향토문학상
대한문인협회 시낭송대회 동상

저서
시집 "울엄니"

공저
명인명시 특선시인선1.2.3
시나브로1~ 8집

♣ 시작노트

세월의 흐름에 순응하며
나에게 주어진 일상을 사랑하고
자연과 더불어 하루하루를 감사하는
여유로움으로 행복의 시간 속에서
오늘도 그리움과 내일의 희망을
늘
가슴에 간직하며 꿈을 그립니다

아버지의 길 / 강선옥

길고 긴 길
구불거리는 고갯길을 지게를 지고
구부정한 모습으로 눈길을 더듬는다
어린 자식을 둥게둥게 업어주시듯
아버지는 지겟다리 장단을 치신다

커다란 리어카
말도 안 들어 황소를 끌듯이 올라가는
언덕길에 숨을 몰아쉬는 쇳소리에도
포기하지 못하시는 아버지

가장의 무게를 짊어지고
자식들의 손을 잡고 어깨를 토닥이시던
힘들어도 속상해도 억울해도
그저 속으로 삭이시며
바라만 보시던
내 아버지

그 길이 이제야 보입니다

응어리 / 강선옥

꽁꽁 숨겨놓은 비밀 하나
누구에게라도 들킬까 봐
깊숙이 감춰 놓은 마음 한자락
가끔 살며시 들춰내면 눈물 한 방울

멍한 하늘가에 구름 한 점
그리운 얼굴 하나 그려지면
숨이 멎을 것 같은 가슴에
울리는 가랑비 한 줄기

속을 열어 보일까
마음에 빗장을 걸고는
아쉬움과 안타까움은
서늘한 바람이 소나기 되어 내린다

모정 / 강선옥

아들 얼굴 잠시 보려고
먼 길을 달려 기다리고 또 기다려
그 얼굴 잊을세라 보고 또 보고
손을 잡아보고 등을 쓸어 주며
안쓰러움과 그리움을 전해 본다.

내 어머니
홀로 계신다는 생각은 까맣게 잊고
내 자식만을 생각하는 이기적인 내가
문득 바라보는 하늘 저편에
그래도 그저 미소만 가만히
끄덕이시는 어머니의 모습에
고개만 숙여진다

그것이 인생이라시며
괜찮다고 손짓만 하시는 어머니
또 돌아보면
이다음에 우리 자식도 저리하겠지
생각하면 쓸쓸한 인생이건만
자꾸만 자꾸만
네 자식만 보아지는 건
이 세상에 남기는 미련과 아쉬움
그리고 그리움이리라.

세월이 / 강선옥

세월이 참 빠르다
꼬물꼬물 작고 앙증맞은
그 작았던 아이가
어느새 대학을 간다

재롱잔치
무표정한 얼굴로 몸짓하며
엄마를 찾던
그 작은 아이가 이렇게 컸네

한여름 무더운 날에도
운동장을 뛰어다니던
그 개구쟁이가
든든한 청년이 되었다.

자랑스러운 우리 아들들
언제나 가슴 가득하던
그 금쪽같은 아이들이
이제 자신의 꿈을 찾아 떠난다.

언제까지나 사랑한다
우리 아들들

홍매화 / 강선옥

싸늘한 바람이 코끝을 스치는 날
한 줄기 햇살이 비치는 곳
작은 몽오리 하나
웅크리듯 펼치는 꽃잎

방긋거리는 아기의 입술처럼
잇몸을 드러내는
발그레한 모습에 가슴이 울린다

추위를 잊은 너의 모습에
취해버린 마음이
술에 취한 듯 몽롱히
님의 품속 같다.

詩人 **강신정**

☆ 프로필

대한문학세계 시조 부문 등단
(사)창작문학예술인협의회 회원
대한문인협회 정회원
대한문인협회 경남지회 정회원
경남 마산문인협회 회원

수상
대한문학세계 신인문학상

♣ **시작노트**

아침에 눈을 뜨는 일이
감사로 다가오듯이
시조에 담아내는 삶의 조각들
늦은 나이에 찾아온 또 하나의
감사입니다.
마음 한편 사랑으로 채우며
첫 숨처럼 설레는 시의 집 한 채
다섯 식구 오밀조밀 세 들어 살까 합니다
절창 하나 줍는 날까지
나를 응원합니다.

엄마목련 / 강신정

자잘한 근심으로
꿈자리 숭숭할까
겨워서 터벅터벅
갈 길이 어둑할까
삼월의
끝자락에서
꽃길 여는 울 엄마

햇나물 조물조물
봄 햇살 정갈하다
얼굴이 닮아가듯
손맛도 닮아갈까
목련꽃
하얀 손등에
마른 손을 얹는다

한 열흘 감실감실
꿈꾸듯 뵈옵나니
화르르 흰 옷자락
엎디어 놓아드린
스무 해
그리움으로
울컥울컥 가셨다

농용 운반차의 하루 / 강신정

작다고 얕보기엔
가슴팍 옹골지다
허리선 어디든지
밑거름 척 걸치면
샐쭉할
이유도 없이
앞치마를 두른다

빨간 끈 동여매고
자두밭 가는 길은
구 불 텅 잔돌 천지
발걸음 싸목싸목
힘줄이
드러난 발등
데시벨을 낮춘다

지난해 수확 무렵
찢어진 자두 가지
아슬히 흔들리다
혼절한 사연 묻고
자두꽃
그리워지는 밤
달빛 이불 따습다

나에게 미안해서 / 강신정

쌀독에 묻은 보석
물거품 썰물 지고
알 반지 한두 개쯤
탐낸 적 있으련만
황금당
유리창 너머
눈길 주지 않았네

봄볕을 지고 앉아
거뭇한 손등 잡티
꽃반지 갈아끼던
나에게 미안해서
물방울
목걸이 하나
봄비, 곧 그쳤으면

뜨개질 / 강신정

후르르 타는 열기
방 안이 누긋한데
쓸쓸한 자리 한 편
빗소리 들앉히고
실타래
풀었다 감아
마음 옷 짜고 있네

송송 뚫린 가슴에
바람이 들이치고
올마다 시큼시큼
낯선 듯 실을 놓쳐
대바늘
드나들수록
빈자리 여전하네

얼마나 감았다가
얼마나 풀었을까
헐렁한 옷 한 벌에
실 따라 가는 마음
올올이
풀고 풀어도
끊어진 데 없나니

코로나 굿바이 / 강신정

코와 입 가렸다고 네 죄가 감춰질까
로터리 돌고 돌아 봄꽃은 시위 대열
나이가 대수겠느냐 마음만은 하나다

굿바이 외쳐줄 때 뿌리째 뽑아 가라
바른길 거스른 너 지구별 변종 사절
이별이 슬프겠느냐 시원시원 샷이다.

詩人 **권기식**

☆ **프로필**

대한문학세계 시 부문 등단
(사) 창작문학예술인협의회 회원
대한문인협회 정회원
대한문인협회 경남지회 정회원
대한문인협회 경남지회 (현) 기획국장

수상
2018년 대한문학세계 신인문학상
2019년 금주의 시 선정
2016년 창원들불문학 최우수

공저
시를 꿈꾸다

♣ **시작노트**

시에게서 듣는 숨소리
평온하고 따뜻하다
외로울 때 외로운 시
슬플 때 슬픈 시에도
따뜻한 시어들이
밤하늘 별빛보다 더 반짝이며
숨을 쉰다
오래오래 숨결 가슴에 담아 자유로이 유영
하며 백지 위에 아름답게 그릴 것이다
주워 담아도 담기지 않는 시어
고통이겠지만 담고 담을 것이다
시어의 숨소리 들려온다

당신은 나에게 / 권기식

아랫목 이불속에 묻었다 꺼내 주시던
따뜻한 밥 바라보며 잔잔한 사랑 보내시던
당신이 그리워지네요

먼 곳에서 온 누리 구석구석 온기 내려 주던
햇볕같이 따뜻했던 당신이었지요

성난 파도 되어 출렁이다가도 이내
잔잔한 호수로 돌아가 넓은 가슴에 품은
사랑 내어주던 당신이었지요

깨물면 아프지 않은 손가락
없다 하시며 골고루 사랑 나누어 주시던
당신이었지요

당신이 남겨준 사랑 온전히 물려주고
당신 가슴에 안기고 싶네요

하늘이 따뜻한 미소 보내오네요
당신은 하늘입니다

새벽의 무게 / 권기식

매일같이 똑같은 울음 토해내는
시계가 어둠 속 고요를 깨뜨리고
하루의 무거운 삶이 기계처럼 눈을 뜬다

휘청거리는 하루살이
어둠은 일어날 생각조차 하지 않고
졸고 있는 가로등 불빛에 그림자 남겨두고
하루의 무게 감당하기 위한 여정

싸늘한 새벽 버스 안 무겁게 짊어진 무게
짐짝처럼 실린 절인 배추 같은 삶의 모습
고된 일터로 배달하기 위해
굉음을 내며 질주 또 질주다

수많은 고통의 시간 지났건만
아직도 감당하지 못한 무게가
남았는가 밥 한술 제대로 넘기지 못한
새벽의 무게 찬 바람 몰아치는
달리는 버스는 알고 있겠지

가끔 배추 몇 포기 내려놓고
종점을 향해 입김 토해낸다.

밥 / 권기식

너의 배웅도 받지 못한 이른 새벽
허기진 탓에 초승달 흉내를 내고
자동차 울음에 놀라 굶주린 잠을 깨어
허기진 발길을 반긴다

텅 빈 배 속 배고픈 삶의 시간 안개처럼 흐르고
벗어진 머리에 남은 치열했던 삶의 흔적이
바람에도 날리지 않는다

어깨 위 무게가 너무 무거운 탓이라
소주 한 잔 허기 달래며 눈앞에 아른거리는
하얀 웃음의 그리움 삶의 희망 너를 찾는다

구석진 곳 빈 쌀통과 눈이 마주치고
온기 없는 솥 안 너의 하얀 모습 보이지 않고
입을 크게 벌리고 노려본다

그립고 생각난다. 어머니의 손에 들린 사랑
하얀 웃음 모락모락 피우며 반기던
너의 모습이 긴 시간 나를 지탱해준 네가
오늘따라 미치도록 보고 싶다

당신의 시간 / 권기식

거침없이 걸어온 당신의 시간
비바람 몰아치는 벌판도 두렵지 않았고
보이지 않은 밤길도 걸었다

밤하늘 별도 따올 듯 키 작은 장대로도
푸른 하늘을 찔러 비를 뿌리는 요술을 부릴 것
같았던 당신

조용히 흘러버리고 굽어버린 시간을
흐릿해진 눈으로 바라볼 때 허리가 꺾인
노쇠한 시간이 되어 작은 숨소리로 밤을 보내고
안개 이불 덮고 풀잎에 잠든 이슬에게
이른 아침 인사를 보낸다

찬란히 타오르던 생의 불꽃이
조금씩 사그라지고 있음을 아는지
이슬이 슬픈 눈을 깜빡 인다

당신 환한 얼굴 햇살이 반겨주고
슬픈 이슬은 햇살 품속에 안긴다

막걸리 / 권기식

방구석에 웅크리고 낡은 이불 뒤집어쓴
모습은 동냥 얻으러 오던 거지의 옷차림

어둠 속에 눈 부신 햇살 마중 기다리며
남루한 모습 속에 숨겨진 부모님 정성
누렇게 익은 황금 들판이다

조사가 나오면 헛간에도 숨기고
마구간에도 숨기면서 부은 정성
자식 지키듯 하셨다

제사상에 올릴 술을 사러 찌그러진 주전자
빙빙 돌리며 이십여 리 심부름 길 목마름에 지쳐
홀짝홀짝 마신 술에 취기 오르고
줄어든 양만큼 맹물 채워오던 추억

농사일 고단한 논두렁에서 한 사발에 지친 몸
추스르시던 아버지 모습 비 오는 오늘
앞에 놓은 잔 속에 환하게 웃으십니다

오늘따라 들판에서 술 한잔에 너털웃음 지으시던
아버지가 그립습니다.

詩人 **김기홍**

☆ 프로필

대한문학세계 시 부문 등단
(사) 창작문학예술인협의회 회원
대한문인협회 정회원
대한문인협회 경남지회 정회원

수상
대한문학세계 신인문학상

♣ 시작노트

혼자서 간직하던 삶의 로맨스
생각이 생각으로 풀어보는
삶의 여정
수많은 침묵으로 쌓인 날에
습작으로 정리하고 싶은 영혼의 로망

인생은 풍족함을 얻으려는
어리석은 몸부림 속에
이제는 헤어나고 싶다는
인간의 간절한 소망을 담는다

가끔은 혼자가 되어도 좋다 / 김기홍

한적해서 호젓해서
고요에 가득한 산길을 달리며
이런저런 상념이 솟아나
불쑥 그랬더랬죠
너무 외로움으로 지쳐서 사는 건 아닌지
어쩌다 혼자일 때에
인생의 참다운 멋이 생겨나는지
외롭다 했을 지난날이
외롭지 않았을 거라고 느껴지는 걸 보면

가을이라 듬성듬성 보이는 산자락이
쓸쓸하지는 않아
가을이라면 저토록 다 비워둠이
가을의 멋이라며
선들선들 바람 불어서 잇으니
이렇듯 삶은 가끔 혼자가
되어봐야 무언가를 배우나 봐요

사탕 / 김기홍

입속으로 가득하니
녹아내리고 싶어요
하얀 이 유혹하며 살고 싶어요

투명한 비닐에 싸 두지 말고
사랑스러운 두 손으로
날 벗겨 주어요

입안에 살살거리게
오물오물 속삭여 주어요

똘똘 뭉쳐진 몸
야들야들 맴돌고
그대의 생각에 흐르며

향기롭게 단아하게 스며들어
단내 그윽하니 풍기는
인내로 남고 싶어요

바람에 물으니 / 김기홍

하루하루가 좋으나 떨어지면
그만인 걸
생각이 나다 더 그리움이 되는지
바람에 물으니
때를 가릴 줄 알아야 한대요

잎이 진 가지는 찬 기운에
가지 끝이 시리고 아프지만
그 바람도 불고 싶어 불어지는 건
아닌가 봐요
봄날이 오면 수줍은 모습에
가슴이 데워지듯 가지에도 꽃은 피니까요

그럼이 좋아 애가 쓰임도
바람이 세상을 돌다 와서는
고작 빈 가지만 흔드는 건
삶이 힘들어해야 하는지
바람도 알 수가 없어 그러나 봐요

나를 사랑한다면 / 김기홍

그리움 따스하니 품는 세상이 아니면
가슴 울리지 말자

그리움 그리는 날들이
이유 없이 피는 꽃이 아니면
그런 생각 달래려 하지 말자

어둠에 빛나는 별빛이 되어야 한데도
기다림에 지쳐 아파하지 말자

시간이 흐르면 사라지는 순간들
눈물 되어 흘러도
그리움 지우려 하지 말자

삶이 촉촉이 젖는 날도 있어
때론 외로움 달래니
날 사랑하려거든
그리움에 울려고 하지 말자

빗소리가 좋아 / 김기홍

봄비가 내립니다
아프지 않게 쓸쓸하지 않게
화려한 꽃잎이 젖어도
연초록의 그리움이 더 좋아 보이는
오늘 같은 날

힘든 날이 잔잔하게 스며드는
빗소리에 씻는 걸 바라보며
창가에 앉아 하염없이
임의 얼굴 그려도 싫지는 않아

살짝이 살결을 여미는 찬 바람
왠지 따뜻한 커피 한 잔에
녹여서 비에 속삭이며
잠들고 싶은 날입니다

사랑이 곁에 없어도
속삭임은 꿈속에서 듣는 오늘 같은 날에
떨어지는 빗소리가 좋아서

詩人 김두현

☆ 프로필

대한문학세계 시 부문 등단
(사) 창작문학예술인협의회 회원
대한문인협회 정회원
대한문인협회 경남지회 정회원

수상
대한문학세계 신인문학상

♣ 시작노트

시작은 설레임이었다
우정 사랑 그리고 내 인생도
그러나 마지막은 미완이자 아쉬움이다

50살쯤 넘어섰을까
주절주절 시를 쓰고 있었다
특별히 시 쓰기에 재주가 보이지 않았지만

내 시는 인생의 노래이다
쓰고 난 뒤 고쳐 쓰기를 여러 차례
아직도 나의 시는 미완이고 부끄러움이다

그래도 멀지 않은 날에 내 시들을 모으고 싶다.

백일홍 / 김두현

태풍이 불어오는 이른 아침에
분홍 꽃잎 촉촉이 비에 적시어
머리에 샴푸하고 향기 날리며
욕실 나서는 여인 같은 꽃이여!

그리 네가 예쁜 줄 알았다지만
가련한 모습마저 사랑스럽네
백일동안 정성으로 꽃을 피워
비바람 속에서도 곱디곱다네

뜨거운 여름 되면 피어나서
선선한 가을에 지는 꽃이여
시한부 인생으로 살더라도
뜨겁게 백일을 살아가시게.

설레지 않으면 사랑이 아니다 / 김두현

감기처럼 찾아와
비수처럼 심장에 박힌 너를
운명이라 부른다

새벽에 잠깨어
커피 향처럼 떠오르는 너를
그리움이라 부른다

어제 만나고
오늘 보아도 가슴 뛰는 너를
설레임이라 부른다

심장의 동맥처럼
진실로 나를 살게 하는 너!
설레지 않으면 사랑이 아니다.

신랑각시 / 김두현

우리 둘이
연지곤지 찍고
신랑 각시 되던 날

사랑방 문틈으로
손가락 하나
그리고 눈동자 두 개

우리 둘이
두 손 잡고
여보 당신 부르던 날

세월의 질투 앞에
미움이 하나
그리고 주름이 두 개.

단풍 / 김두현

뜨거운 여름날
파란 단풍 열렸네
우리네 청춘이 단풍보다 고아라

가을밤이 깊어가니
노랑 주황 단풍 익었네
그래도 중년이 단풍보다 예뻐라

겨울바람 불어오니
단풍나무 아래가 꽃밭이 되네
우리는 거기서 지난 추억 줍는다

세월이 오고 가듯
단풍도 피고 지고
우리네 인생도 단풍과 같네.

윤회 / 김두현

영원토록 지지 않는 꽃이 어디 있을까
초록 꽃망울 맺어 붉게 타던 장미도
뜨거운 여름 오면 하나 둘 지게 될 것을

외롭지 않은 인생은 또 어디 있으랴
하루 이틀 세월 가면 사랑하던 이도
우리 곁을 떠나고 혼자 남게 될 것을

늙지 않는 청춘이 어디 있을까?
열정으로 가득했던 내 젊은 육신도
생로병사 순리에 점점 힘이 잃어가는 것을

장미가 지는 것은 예쁜 꽃이 피었기 때문이듯
인생이 외로운 건 그만큼 우리 행복하였음이고
육신이 늙는 건 아직 젊음이 남아 있음인 것을.

詩人 **김미연**

☆ **프로필**

대한문학세계 시 부문 등단
(사) 창작문학예술인협의회 회원
대한문인협회 정회원
대한문인협회 경남지회 정회원
대한문인협회 경남지회 (현) 홍보국장

수상
대한문학세계 신인문학상

♣ **시작노트**

사람의 생각과 마음을 읽어내고,
세상을 읽어내는 책에 관심을 가지게 되고
책을 좋아하여 장르를 가리지 않고 책에 빠져
살아왔다

은근히 나도 내 색깔을 글로 표현해 보고 싶다는
생각으로 늦게 어릴 적 꿈인 시를 쓰는 길로
들어서게 되었다

엄마로서 또 여자로서 올곧게 살아가는 '나'를
보여주고 싶다.

소화불량에 걸린 집들 / 김미연

봄이 왔다고 두드려도 열리지 않는 문
서로를 바라보는 눈은 경계심으로 가득하다

텔레비전은 앵무새가 되었는지 노랗게 분장하고
코로나19 코로나19 코로나19
말을 빼앗긴 사람들은 모두 부리망을 차고
눈만 멀뚱멀뚱이다

미처 소화를 시키지 못하는 집들
밤낮없이 트림을 해대고 안절부절 못한다
아래층은 위층을, 위층은 또 그 위층을 탓하며
콧방귀만 꿔댄다

'지금은 모두가 힘든 시기이니 조금씩
양보하고 함께 합시다'라는 안내 방송
아이들의 개학이 연기되었다는 통보
집집마다의 신음소리가 봄을 삼키고 있다

역류성 식도염을 앓던 옆집은
우울증까지 겹치겠다며 두통을 호소한다

봄이 왔어도 향기 없는 그림뿐이다

등산 / 김미연

안개구름이 짙은 날
남해의 자랑인 금산에 오르니
저만치 산들바람이 마중 나온다

소곤소곤 재잘재잘
어디선가 들려오는 이야기 소리에
발길을 멈추고 서서 귀 기울이니
붉은색 옷으로 갈아입은 홍단풍과
열 손가락 펼친 듯한 당 단풍
노랗게 물든 아기자기한 복자기 단풍
푸르고 당당한 잎을 가진 청단 풍이
부끄러운 듯 찡긋 윙크한다

이름도 가지가지
생김새도 가지가지
웃음도 가지가지
산객들 맞이하는
단풍나무들의 수다에
샘이 나서 나도 떨었다

바람이 웃으며 너스레
시치미를 뗀다

육쪽마늘 / 김미연

어머니의 자궁처럼 따뜻한 땅속에서
겨우내 웅크렸던 몸 풀고 나왔다

혼자는 외롭고 기나긴 여정의 삶
서로 의지하며 행복하게 살아가라고
육 남매 어깨동무시켜 세상 밖으로
내보냈다

어머니의 그 뜻에 보답하고자
각자의 위치에서 화기애애 맛깔스럽게
세상 속에 스며들어 제각각의 색깔로
살아가는 육 남매

자신을 온전히 희생하여
알싸한 매운맛과
달곰한 맛을 내는 마늘처럼

세상 이치에 어긋나지 않는 삶을
살아가고 있다

蓮(연) / 김미연

먼발치에서 그저
바라볼 수밖에 없는 당신

그런 당신이 나는 오늘도
너무 그립습니다

세속의 물이 어찌 그리 진하든지요
당신 곁을 스치기만 하여도

아름답고 순결한 그대 모습
앞서는 두려움으로 사라질까

발끝에선 통증으로 먼빛을
바라봅니다

빛은 빛으로 머물다
그대 모습 감싸 안아

내 그리움의 끝에서
머물다 갑니다

마음의 온도 / 김미연

어느 날 문득
그때 그 사람을 생각하니
마음이 따뜻해진다

지금은 어떤 모습일까

나는 그 사람의 가슴에
어떤 온도로 남아있을까

누군가 날 생각하면
따뜻해지는,

세상을 데워줄 그런 사람이고 싶다

詩人 김시윤

☆ 프로필

대한문학세계 시 부문 등단
(사) 창작문학예술인협의회 회원
대한문인협회 정회원
대한문인협회 경남지회 정회원

수상
대한문학세계 신인문학상

♣ 시작노트

이른 새벽
잠 묻은 눈으로
하루를 시작하는
이 고단한
삶 속에서

바람에 베인 것처럼
햇살에 데인 것처럼

세월이 흘러갈수록
그리움만 쌓여
숨 쉴 수 없을 만큼
차오르면
글로 토해내고..

그 마음이
문장이 되고
시가 되는가 봅니다

봄볕처럼 웃어요. 그대 / 김시윤

그리움에 젖어
꽃향기에 취해
오늘도
그대, 비틀거리나요

살랑이는 바람속에
꽃내음 묶어서
소담소담 들꽃에
내 사랑 엮어서

보랏빛 그리움
아른아른 아지랭이 따라
그대에게 내 마음
보내요

마음 그늘 드리우지 말고
봄볕처럼
웃어요,
그대

낡은 그리움 / 김시윤

가슴 한켠에 자리한
빛바랜 그리움 하나

놓을 수도 안을 수도 없는
오래된 그리움 하나

비우라 비우라 해서
비워냈더니

남은 건
소맷자락에 묻은
낡은 그리움 하나

세월과 함께
쓸쓸함으로 바람에
묻어옵니다

동백꽃 / 김시윤

차마
떠나가는 님
뒷모습 볼 수 없어

열지도 못한
붉은 마음 한 송이
떨어집니다

툭...

봄 앓이 / 김시윤

어느 해
봄날의 추억으로
남겨진 그대이기에
두고두고
봄 앓이를
하나 봅니다

봄 햇살에
머무는 겨울바람에
아직 나의 봄은
오지 않았나 봅니다

몇 번의 봄을 보냈건만
여전히
그대와의 봄은
눈가에 걸린
아련함으로 남습니다

가을, 사랑을 훔치다 / 김시윤

여린 마음 열고
들어온 9월의 가을은
열아홉 소녀의 가을처럼
순수한 설렘

여전히
사랑을 낯설어 하는
중년의 마음에
들꽃 같은 사랑이 맴돌아

그대라는 그 사람
열아홉 소녀의 마음으로
들꽃같이 사랑하고픈
가을 같은 사람

훔치고 싶은 그대 마음
함께 하고픈
가을,
가을이라서...

詩人 **김영전**

☆ **프로필**

대한문학세계 시 부문 등단
(사) 창작문학예술인협의회 회원
대한문인협회 정회원
대한문인협회 경남지회 정회원
대한문인협회 경남지회 (현) 사무자문 수행

수상
대한문학세계 신인문학상
2019년 한국문학 향토상

🍀 **시작노트**

저는 직업이 기계과 공부를 하고
기계 분야 및 방산 개발 기업경영 등 젊은 나이에
치열한 삶 속에 살면서
너무나 차가운 쇠를 다루고 나 자신이 너무나
인격 수양이 안된다 생각하여
시 글을 틈틈이 창작 보관하고
언젠간 나도 등단해야 한다고 평생의 소원이었다
바쁘게 살다 보니 어느 날 형님이 등단하고
세월이 좀 지났다
아 나도 등단을 하고 싶다고 하고 그동안의
노력과 지도로 추천받아 등단하였다
이제 남은 생에 여기에
할 일이 있어서 행복합니다

산사의 종소리 / 김영전

깊고 깊은 산사의 새벽
바람에 날린 낙엽의 부스럭 소리
힘겨운 몸을 일으켜 기지개 켠다

스산한 바람은 온정도 없네
처마의 종소리 달그락 달그락
해탈과 도량 키우고자 일심을 모으고
삼라만상 깨우는 산사의 종소리

속세의 잡념 떨치려고 몸부림친다
혼탁한 영혼을 맑은 영혼으로 바꾸거나
복배한 이 마음 천지신명은 알까나

아는 듯 모르는 듯 산사의 종소리는
장엄하게 퍼져나간다 둥~~둥~~
번뇌로 잡힌 자들아 이리 오너라
부르는 것만 같네 여명의 새벽이 온다

여명의 새벽이 밝아온다
여기에 실리면 내 마음도
밝아지려나 불초한 소생
구겨진 마음 펴지길 바라나
중생구제 산사의 종소리에
나도 실리어 멀리 가고 싶어라
밝아지려나 불초한 소생

65

외로운 할미꽃 / 김영전

뒷동산에 오르다 보면
무덤가에 홀로 선 할미꽃
무슨 사연으로 무덤가에
자리 잡고 무슨 생각 할까
사연 들어 보고 싶다

언제부터 나이 들어
할미꽃 되었을까
새싹이 나면서 할미가 되고

할미꽃 몸은 청춘이구나
먼저 떠난 영감을 잊지 못해서
무덤가에서 영감을 바라보며

살아생전 못다 한 사랑
이제라도 나누고자 하는가

세월아! / 김영전

어느덧 가을이고
세월도 잘 가네
어느덧 인생의
한 순배 목전에 서 있는
아련한 옛 추억 찾을 길 없어라
오는 세월 막을 수 없다면
천주에 어느 것에도
적용되는 세월은
살날이 적은 남은 시간은
어떻게 사용하고 가야 하나
적막의 고독 속에 아련한
아픔이 가슴을 조여 온다
어느덧 손녀가 생기고
인생의 진급 속에 새로운
새싹을 간절히 간절히
보고 싶다
뼈가 아리게 보고 싶다

장독대 칠성단 / 김영전

나의 고향 부여 시골 초가삼간
어머님 애지중지 아끼는 장독대

어릴 적 어렴풋 기억이 이제야
문득 생각 나는 건 웬일까

어느 날 장독대 불이 켜져 있었다
그리고 어머님 허리 굽혀 절하며

주문을 외고 간절한 염원이 보였다
북두칠성 향해 천지신명께

빌고 했던가 누구를 위하여
아마도 당신의 칠성단인 것 같다

쪽 찐 머리 비녀 꼽고 가름한 얼굴
사형제 무사 안녕 정성을

천지신명께 빌고 빌고 또 빌었던 것 아닌가?
어머님 그 덕에 사형제 탈 없이

현재도 육십 대~칠십 대까지
어머님 그 정성에 이날까지

잘 지내고 있는가 옛 기억 더듬으며
생각할수록 눈물이 이글을 막네

청산에 살고 싶어라 / 김영전

내 고향 시골 산천은 산 좋고
물 맑은 곳 어려서 살 땐 모르고
고향 떠나 산업발전 일세대로
세속의 공기는 많이도 혼탁하구나!
내가 어디로 가서 있어야 하는지

정화되지 못한 세속의 공기
가짜가 진짜인 양 행세하고
울분이 터지고 울고 싶어라
세속에 젖은 삶 짊어진 질곡
벗어나고 싶어라 벗어나고 싶어라

삼라만상이 스승인데 그래도
깨닫지 못하는 자가 많네
날지 못하는 육신을 대신해
영혼이라도 훨~~~

맑은 영혼 되어 날고 싶어라!
우주공간에 날고 싶어라
푸르고 맑은 청산에 머물고 싶네
찌든 영혼 훨~~~날리고
청산에 머물고 싶어라

詩人 **김용직**

☆ 프로필

대한문학세계 시 부문 등단
(사) 창작문학예술인협의회 회원
대한문인협회 정회원
대한문인협회 경남지회 정회원

수상
대한문학세계 신인문학상

♣ 시작노트

인생은 누구나 행복을 꿈꾼다
행복이란 무엇일까
더 바랄 것이 없는 만족함의 누림이다
하늘을 향하여 한정 부끄럼이 없는 삶
사람과의 관계이다
먼저는 부부관계요 뒤는 이웃과의 관계이다
이해하고 공감하며 채워 주는 것
이것이 행복의 출발이다
철 따라 변화하는 자연을 노래하며
모든 이들의 마음에 기쁨이
샘 솟기를 바라는 마음에서 이 글을 씁니다.

갯바위 / 김용직

넓은 가슴 하얀 마음
밀려오는 그리움이
포말 되어 부서지니
흰 도포 자락 휘날리며
내게 오신 임이시여

도포 자락 부여잡고
이 봄을 노래하니
끼룩끼룩 물새들은
내 몸을 맴도누나

만경창파에 곱게 씻은 몸
오신 임을 환영하며
흰 도포 자락 온몸에 감아 본다

들려오는 임의 노래
은은히 스며드는 향기
임의 손에 깎인 이 몸
어둠이 밀려오니
내 임은 어딜 갔나
달빛만이 내 몸을 감싸네.

내 마음은 한 송이 꽃 / 김용직

사랑하는 그댈 말없이 가슴에 품습니다.
온몸으로 전해져 오는 따뜻함
그대의 사랑입니다.

꿈에도 잊지 못한 그대이기에
나의 모든 것을 바치렵니다

그대 품에 꿈도 소망도 기쁨도
모든 것이 있기에 억겁의 세월 지나도
그대만을 바라보며 그대만을 사랑하는
나는 그대의 사랑입니다.

그대가 나의 모든 것을 사랑으로 품고
기다린 인고의 세월은
새로운 희망과 사랑으로 피어납니다.

그대와 나는 내리내리
사랑하는 일만 남겨져 있네요

그대가 나를 위해 흘린 눈물은
꽃이 되어 그 향기가 내 영혼을 덮습니다
나 그대만을 바라보는 한 송이 꽃

목련 / 김용직

계절은 사랑을 품고
메마른 대지
차가운 땅을 애무한다

얼었던 마음
겨우내 서러웠던 마음
통곡이 되어 흘러내리니

앙상한 가지
연초록 고운 옷 입기도 전에
내 임을 향해 피어나는 하얀 미소

봉긋이 솟아오른 사랑동산
이내 가슴에 임을 향한
나의 순결 나의 마음

진정 이것이 내 임을 향한
사랑이련가
내 이름은 하얀 목련

바램 / 김용직

만경창파 푸른 물에
한조각 배를 띄워
거기에 몸을 실은 그대와 나
바람불면 돛을 달고
바람없는 날엔 노를 저어
나아가세
그대와 나의 행복동산

지국총
지국총
어샤와
지국총
지국총 어샤와
비가 오면 그대와 나
서로의 우산이 되고
햇빛이 내리쬐면 양산이 되자

목 마를 땐 길어 올린 사랑 샘물
그대 한 모금 나 한모금
바람불어도 좋아
비가 와도 좋아
그대는 나의 품에
나는 그대 품에
함께 가꾸어 온 사랑동산
손잡고 나아가세

나는 밤이 참 좋습니다 / 김용직

힘든 세상 고단함 하늘은 짙은 검은 비단을
내려 주고 그 검은 비단이불 덮은 만물들은
말없이 잠에 빠져드네요.

꽃들도 새들도 복잡했던 세상사도 검은
비단이불 속 내일을 꿈꾸며 쉼을 가지네요.

나지막이 들리는 귀뚜라미의 자장노래
길을 잃은 인간들을 위해 말없이 하나둘
하늘 등을 켜기 시작하네요.

힘들었던 살림살이 잠시 잊고 안식하라고
방황하는 발걸음을 재촉하고 엄마 품을
그리워하며 울고 있는 모든 사람은
포근히 안아 주네요.

고단한 일상을 말없이 품어주는 힘들었던
나를 포근히 품어주는 내일의 꿈을 꾸게 하는
엄마의 품 나는 밤이 참 좋습니다.

詩人 **김찬석**

☆ **프로필**

대한문학세계 시 부문 등단
(사) 창작문학예술인협의회 회원
대한문인협회 정회원
대한문인협회 경남지회 정회원

수상
2018년 대한문학세계 신인문학상

♣ **시작노트**

뒤돌아보니
저만치 많이도 왔다
발자국 따라가 보니
기억조차 가물가물 흐려진다.

잡고 싶어도 잡을 수 없는 시간들
머물고 싶은 추억뿐
벌써 인생의 반환점을 훨씬 지나
희끗희끗한 머리카락만 늘어만 가네
속절없는 세월아.....

물안개 / 김찬석

새벽어둠이 가시기 전
물안개 수면 위로
몽실몽실 피어오르며
미지의 세계를 펼친다

영롱한 아침이슬
풀잎에 대롱대롱
떨어질세라 내 마음
부여잡고 숨을 멈춘다

여명이 내려앉으며
아지랑이 아롱아롱
잔물결 일렁이고
골바람 스치며
긴 여운만을 남긴다

저 멀리 희뿌연 물안개가
가을바람 등에 타고
늘어진 물 버들 허리를
휘감으며 새벽잠을 깨운다

파도 / 김찬석

수평선 너머로 아스라이
보일 듯 말 듯 그리움 안고
잔잔하게 밀려오는 파도여

어느새 너는 거대한 산더미로
변하여 회오리바람 몰고
암초의 뺨을 할퀴어 버렸네

하얀 포말이 공중에 솟구치며
부서지기를 반복하고 갈매기 울음소리만
허공에 긴 여운을 남긴다

우리의 삶도 파도에 부서지는
흰 포말처럼 왔다가 사라지는
물거품인 것을

인생도 파도의 연속이기에
웃음도 영원하지 못하고
슬픔도 영원하지 않으니

파도여!
인생을 시샘도 원망도
탐하지 말아라

남가람의 유등 / 김찬석

역사의 숨결이 살아 숨 쉬는
진주성 혼을 오롯이 품으며
유유히 흐르는 남가람 이여

고귀한 여인의 한 서린 발자취는
돌무덤에 서리어 밤하늘에
수를 놓고

형형색색 유등의 불빛에 숨을
죽이고 은빛 물 비늘 일렁일렁
출렁다리에 몸을 싣는다

밤공기 서늘한 촉석루 허공에
축포의 불꽃이 미리내 되어
빗물처럼 흘러내리고

남가람 둔치에 졸고 있는 희미한
유등길 따라 연인들의 발걸음이
10월의 밤을 적신다

가을의 문턱 / 김찬석

가을이 오려나 보다
불볕더위도 고개를 숙인다
제아무리 기 센 여름이라도
이제 가을에 자리를 내준다

가을이 오려나 보다
남강변 개망초도 고개 숙인다
妓生草 곱게 물들인 자리엔
코스모스가 수줍게 고개 내민다

가을이 오려나 보다
매미들도 울다 지친다
귀뚜라미 울음소리에 단잠 깬
단풍잎도 새 옷으로 갈아입고
가을을 반긴다

봄비 / 김찬석

山野가 목말라 울부짖음에도
봄비는 아무런 대꾸 없이
대지를 촉촉이 적신다

지난겨울 모진 한파에
몸을 숨긴 채 미동도 없든
달래 냉이도 살짝 고개
내밀며 기지개를 켠다

寒風 雪寒 모진 비바람에
속살 숨긴 裸木 가지마다
새싹들이 봉긋봉긋 움 쏟고
빛바랜 누런 보리 이파리는
송골송골 빗방울 부여안고
스치는 바람을 내친다

버들강아지 꼬리 치며 춘풍에
입 맞추고 재 너머 임 소식
기다리다 하루해가 저문다.

詩人 **김철민**

☆ 프로필

대한문학세계 시 부문 등단
(사) 창작문학예술인협의회 회원
대한문인협회 정회원
대한문인협회 경남지회 정회원
대한문인협회 경남지회 (현) 감사

수상
2017년 대한문학세계 신인문학상

저서
시집 "아내에게 바치는 시와 고백" (2019년)

♣ 시작노트

심장이 뛰어다니는
청춘이 남아 있느냐
그런 메아리가 들려올 때
더 나은 의미를 찾아봅니다
달리 보면 보일까요
청춘의 가슴을 오려내
깃 세운 그 소리를 덧칠해가며
한 줌 감성과 어울려 봅니다.

구절초 / 김철민

가을 쪽빛 열어
움켜쥔 젊은 날

서로 잠 깨우려 하였던 그 고백
한여름의 청춘들

저 행렬 물들이려고
발가벗겨진 허울로
저만치 손 내밀었던
꽃으로 닮아있는 세월

밤새 무서리
주렁주렁 열리면

그때, 고운 새색시 얼굴로
솜 타는 가슴 끄집어
껍질마저 덮어쓰고
흐느끼며 반겨주었던 구월

그 끝없는 길가로
임 따라 홀로 피어나려는
서릿발 추억 실은 꽃이여.

꿈 / 김철민

희미한 기억만
널 더듬고 있는가 보다

둘러보면
늘 그랬듯이

언제나
눈 뜨는 아침이면
사라지겠지만

언제나
머리맡에 소곤대던 소리까지
또 그렇게 사라지겠지만

귀 기울여
가슴 열고 들어보니
어젯밤에는 다녀갔는가 보다
향기가 남아 있는 걸 보니

기다리고 있었나보다
이래서 잠이 오지 않았나 보다.

노을 / 김철민

눈가에 비친
햇살을 덮고 있는 어둠을 찾아 떠나보리

방랑자로
머릿속을 헤집고 있는 근원에
다다를 때까지, 우주공간을 바라보며
작은 탄생과 작은 소멸의 원자를 끄집어 내어보리

그리하여
모아 둔 갈망의 소곤거림이
발라 낸 고운 빛에 반사되는 일몰이
산봉우리 능선을 태울 때

하루살이의 삶이 아니라며
마치 고이 익혀둔 술독을 비우지 못해
아쉬움을 남기는 긴 기다림으로 바라보리

눈에 비치는 일상은
내가 모아둔 탄생과 소멸일 뿐

들여다보며
취기 오른 하늘의 고운 빛을 바라볼 거야.

초가 담장 옆에 / 김철민

토담을 쓸고 있는
내 가슴

세월에 잠들어 있는
꽃 빗자루 들고

서로 헤어져
멈춰진 시간에도

텃밭은
늘 침묵하는 마음

홀로 파놓은
깊은 속을
수십번 꺼내 보는 내고향

그 옛날 뿌린 꽃씨로
가슴앓이한다

어릴 적 머물던
토담 옆에는
꽃씨가 꽃을 피웠습니다

내 꿈 가져와
깨우나 봅니다.

저절로 되지 않겠지 / 김철민

물이 투명한 것은
거울을 보듯 자신을 들여다보라는 것일 거야

바다가 푸르른 것은
하늘을 담는 가슴이 있기 때문일 거야

하늘을 올려다보지 않고
그렇게 닮아 있을 것이라고 말하는 것은
너랑 서로 물들지 않고 바라보는 것일 거야
떠 있는 구름만 보고 그리하는 것일 거야

인간의 심성도 저절로 생겨나지 않기에
푸르게 비치는 것은
하는 것이 다르기 때문일 거야.

詩人 **김향숙**

☆ 프로필

대한문학세계 시 부문 등단
(사) 창작문학예술인협의회 회원
대한문인협회 정회원
대한문인협회 경남지회 정회원
대한문인협회 경남지회 (현) 사무국장

수상
대한문학세계 신인문학상

♣ 시작노트

밤새 허기진 배를 안고
기지개를 켜보니 따스한
햇살이 살째기 포옹을 한다
돌 틈 사이로 피어나는 풀잎 하나에도
희망이 꿈틀대고 파닥이며 노래하는데
내게 머무는 건 돌아올 수 없는
추억의 그림자들로 가득한데
남은 시간을 빌려 못다 이룬
꿈을 하나하나 챙겨 담고 싶다.

사월의 서정 / 김향숙

춘설이 지나간 몸뚱이가
이제 좀 풀렸는가 하여
창문을 열고 밖의 풍경을 본다

맑은 바람에 씻기어진 파란 하늘
눈 부신 햇살이 꽃향기를 뿌린다
벽에 머리를 박고 몸살 앓던 외로움이
어깨를 부추기며 외출을 유혹한다

봄은 드넓은 화폭을 펼치고
개나리 진달래 이름 모를 꽃들까지
섬세한 붓으로 바삐 움직인다

가지마다 새순들이 들썩이고
꽃잎들이 소곤대는 길을 따라
그리움조차 텅 비워진 앵글을 열고
봄날을 담은 넌

잠시 머물다 떠나갈 봄처럼
나의 뜨락에 서성이는 봄은
또다시 꽃잎만 떨구고 스쳐 지나는
바람이 아니기를..

거울 속 엄마 / 김향숙

하얀 이 드러내 웃어 보지만
천사 같던 젊은 날의 미소는 오간 곳 없고
엄마의 어머니로 앉아 계신 울 어머니
메마른 손끝으로 주름진 골
비벼보니 탄력 잃은 껍데기

이리 쿵 저리 쿵 밀려왔다. 밀려가네
꿀맛 나는 젊은 날
육 남매의 적금 들었건만
이자 한 푼 없는 세월의 흔적은
골파인 주름만 쌓이고

가슴으로 품은 사랑은
중년의 아낙으로 함께 한다
가느린 손아귀 힘주어 보지만
골수 빠진 손 마디 마디는
세월의 흔적만 고스란히 안고 가네

이별여행 / 김향숙

꽃잎 위로 나비 되어
사뿐히 내려앉아
떠나시는 임아
뭐가 그리도 바빠
먼 길 서둘러 떠나려 하는가

지난날
헝클어졌던 마음도
미워한 마음도
모두가 후회투성인데
이대로 먼 여행 떠나려 하면
준비 없이 이별하는 이는
그 슬픔 어쩌라고

두 손 꼭 잡으며 웃는 모습
안고 가겠다던 그 약속은
이제 누구가 지키겠단 말인가.

가시는 님 말이 없고
꽃비만 흐느끼는데

널 만나러 가던 길 / 김향숙

피물로 얼룩졌던 홍류계곡
가을 단풍으로 붉게 물들어 가면
머지않아 초록에서 오색으로
가을은 그렇게 천연염색 하리라

산새소리 풀벌레소리 합창하고
발자욱소리 리듬 맞추며
하하 호호 화음을 넣는다

허기진 배는 자연이 품어내는
피톤치드로 대신하며 그를 만나러
한 걸음 한 걸음 소원을 담아 오른다

계곡 따라 낮은 곳으로 흐르는 물 따라
너의 속삭임은 마음에 일렁이는 번뇌를
씻기우며 한 걸음 또 한 걸음
더딘 걸음으로 그곳으로 오른다

가야산 자락에 자리한 마애불
수많은 사람들이 자기 몫의 소원을 담아
무거운 육신 이끌고 간절한 마음으로
생에 한 번 만나야 할 그 인연
내게 준 숙제라면 풀고 가야 될
업장의 짐 내려놓고 두 손 모아 합장한다.

무소유 길 / 김향숙

행복은 많고
큰 데만 있지 않다는 걸
말없이 일러주신 법정 스님의
걷고 걸었던 그 길을
작은 봇짐에 소박한 마음을 담아
한발 한발 숲길을 올랐다

작은 것을 가지고도 많은 것을
나눌 수 있었던 마음 그릇이 크신
스님의 마음을 따라
발자국마다 뿌려두었을
지혜를 가슴으로 받아들이고

작은 씨앗을 뿌려놓고 기다림의
만족을 느낄 수 있다면 마음은
행복을 수확하리란 믿음으로
인내란 세월의 거름을 삭혀 뿌렸을
그 마음으로 빈 사발 하나 준비하련다

곧고 곧은 대나무 숲은
법정의 마음을 닮아 방랑객의
깨우침의 길이였으리라

자연이 만들어 낸 소리의 감상
숲길에 내어준 의자에 잠시
마음의 짐 풀고 그대의 흔적 담아
시간의 늪으로 빠져보니 지나는
바람이 나를 깨워준다.

詩人 **김현도**

☆ **프로필**

대한문학세계 시 부문 등단
(사) 창작문학예술인협의회 회원
대한문인협회 정회원
대한문인협회 경남지회 정회원
대한문인협회 경남지회 (현) 지회장

수상
대한문학세계 신인문학상

공저
시를 꿈꾸다

♣ **시작노트**

삶에 걸어온 길을 돌아보면
문득 나 자신에게 물어볼 때가 있다
나는 가끔 물이고 싶고
나는 가끔 새가 되고 싶은 생각을 가져보았다
학창 시절 꿈꾸던 문학은
가난에 밀려 생각조차 할 수 없었고 생각은 나지만
쉬운 일은 아니었다
시인이 되어 지난날 문학 꿈을 이루었다
시를 쓴다는 것은 정말 힘들다는
느낌을 떨칠 수가 없다
어느 시인의 말이 생각난다
시인은 배가 고파야 한다고 그렇다
시를 쓴다는 것은 배가 고파야
한다는 그 말이 실감이 난다
나는 지금도 배가 고프다

낙화 / 김현도

새벽에 일어나 산 가득한
낙화에 놀란다
꽃은 가랑비 속에 피었다
다시 지고 있구나
무한히 유심한 듯
바위 우에도 달라도 붙도
차마 가지를 떠나지 못해
봄 바람을 타고 다시 올라가네
두견새는 청산에서
울다가 홀연 울음 그치고
제비는 진흙 묻은 꽃잎 물고
공중으로 날아 오른다
화려한 봄날은
한차례 꿈길이고
흰머리 노인은 밭둑에 앉자
먼 산 바라보며
한숨만 길게 쉬는구나

내 삶에 이유 / 김현도

물 흐르듯 살아온 세월
노을길 되어
밝아 가노라

길 걷다가 뒤돌아보니
인생길 굽이굽이 한숨만
가득하고

힘들고 고달픈 인생 살아온 길에
속 쓰린 아픔만
쌓이고 쌓여만 간다

동지섣달 추운 겨울날에도
복수초가 피어나듯이
내 살아온 길 후회 없이 살았고

내 가슴에는 사랑으로 가득차
서산에 지는 해를 바라보고
있구나

떠난 봄을 기다리며 / 김현도

당신이 떠나는 모습을 멍하니
보고 있었습니다
가지 말라고 사랑한다고
애원 한마디 못 하고 그냥
바라보고 보냈습니다

내게 무엇이 그렇게 서운하셨나요
내가 무엇을 그렇게 힘들게
하였는지요
사랑은 나 혼자만 했나요

매몰차게 떠나는 당신은 편안하던가요
사랑한다는 말이나 하지 말지
사랑한다고 해놓고 떠나가면
그만이던가요

이것이 사랑이었던가요
기다릴게요 다시 돌아오세요
당신을 기다리고 있어요

함께 동행하는 길 / 김현도

밉게 보면 잡초이고
예쁘게 보면 아름다운
꽃이더라
잘 보이려 애를 써도
보는 이의 시선에서 잘하고
못하는 것이 결정되지
않는가
마음이 깊은 사람은 남의 말을
무겁게 한다
마음이 아름다운 사람은
그 향기 또한 아름다움이어라
바람은 움직여야 바람이고
꽃은 피어나야 아름답지
않던가
사랑의 말은 아끼지 말라
사랑의 말을 많이 하면
그 사랑 메아리 되어
아름드리 사랑이 넝쿨째
돌아올 것이다
봄이 가니 여름 오고
여름 지나니 가을 오지 않더냐
가을이 오면 낙엽은 지는데

이름 모를 꽃 / 김현도

당신은 내 인생에
꽃이랍니다
그런 당신은 어디 있나요
봄이 올 때 우린 인연이 되어
사랑을 하였지요
지금도 당신을 사모하는데
당신은 이런 나를 기억하시나요
내 가슴에 머물다간
가녀린 당신
아직도 잊지 못해 생각합니다
이 가슴은 멍들고 쓰러져 가는데
당신은 어디에서
행복하시나요
산들산들 봄바람 타고
오시려나
오늘도 기다립니다
보고 싶네요
보고 싶어요
내 곁으로 돌아와 주세요

詩人 **김현주**

☆ 프로필

대한문학세계 시 부문 등단
(사) 창작문학예술인협의회 회원
대한문인협회 정회원
대한문인협회 경남지회 정회원

수상
대한문학세계 신인문학상

★ 목차

♣ 시작노트

아침에 눈을 뜨면
창가에 앉아있는 햇살을 포옹하면서
계절마다 아름다운 꽃과 더불어
자연과 함께라서 감사한 마음이다.
시와 노래 아름다운 삶을 그려 내고 싶은
욕심으로 무뎌진 아픈 상처 어루만지면서
노을 지는 저녁을 편안하게 맞이하는 마음으로
걸어갈 것이다.

장미의 소망 / 김현주

추억을 남기고 떠난 어제가
새로운 새벽을 열고 감사하는
마음으로 받아든 백지 한 장
설레이는 하루를 안아본다

내리쬐는 아침 햇살에
포옹하면서
무성한 잡초들 사이 덩굴 하나
담장 철망을 기어오르려 한다

사람들 속으로 향하는 길을 열고
온기를 주고
마음을 쉬게 해주는
오늘의 오선지에 꽃의 향기를 날리고
피우고 지는 인연의 봄날

길손들 얼굴을 다정하게
바라보며 그들의 가슴에
한 송이 꽃으로 남고 싶다.

매화 사랑 / 김현주

연분홍 치맛자락 살짝
걷어 올리고 수줍은
새색시 미소 같더이다

봄 햇살 타고 온
낭군님 기다려 듯이
움푹 패인 보조개로
눈웃음으로 마중하는
봄 처녀 같더이다

오소서
임이여
봄이여

활짝 웃는
그날에
봄의 향연에 젖으리라.

치자꽃 / 김현주

너였구나!

저 멀리서
달려와
격하게 안고 싶은 향기를

초록빛 속에
하얀 웃음꽃 피우는 너를

행여
우리가 헤어져야 하더라도
향기로
남겨두고 싶다.

너처럼.

비 / 김현주

먹장구름 옷 벗어 놓고
하얀 솜털 구름 되어 흘러간다

갖은 눈물과 기쁨을 바람 속에
왈칵 섞을 수 있으니 좋겠다.

넓은 바다 높다란 산굽이 굽이
마음껏 달리고 넘을 수 있으니 좋겠다.

때론 물빛 맑은 강과 실개천에
발을 담그고 동무할 수 있고

어느 처마 밑에 수줍게 피어있는
새색시도 만날 수 있으니 좋겠다.

방황하다 발걸음이 지치면
불이 꺼진 창가에 소슬소슬 잠들고

아침이면 간밤의 설움을
말갛게 씻은 얼굴로 깨어날 수 있는
너는 참 좋겠다.

중년의 꿈 / 김현주

한때는 가꾸지 않아도
순수한 들꽃처럼 수줍은 미소로
다가서는 누군가의 사랑스러운 인연으로 남고 싶었습니다

청춘의 봄날에는 촉촉이 물오른 가지마다
묻어둔 그리움 쏟아져 나오는 연둣빛 사랑도 그렸습니다.
아침에 눈을 뜨면 창가로

내리쬐는 햇살에 감사하며
하늘 아래 땅으로
낮은 마음으로 내려놓고
소박하고 편안한 저녁노을을 담으면서

화려하지도 요란스럽지 않은
부담 없는 인연들과 함께
어울릴 수 있는
중년의 길을 걷고 싶습니다.

詩人 **김흥님**

☆ 프로필

대한문학세계 시 부문 등단
(사) 창작문학예술인협의회 회원
대한문인협회 정회원
대한문인협회 경남지회 정회원

수상
대한문학세계 신인문학상
한국문화예술인 금상
명인명시 특선시인선 선정
순우리말 글짓기 공모전 은상
한 줄 시 공모전 금상

공저
대한문인협회 부경지회 동인지 "낙동강 갈대바람"
문학이 흐르는 여울목 "여울"

♣ 시작노트

산다는 것은
한 점 풍경이 되는 일이다

떠나온 길을 돌아보면
두고 온 것들의 그리움에 눈물이 쏟고
돌아갈 길을 생각하면
남겨진 것들의 미련이 발목을 잡는다

화양연화를 꿈꾸는 봄은 더디게 오고
어차피 홀로 남겨질 길 위에 서서

오직 나만을 위한
나만의 시간을 위해
오늘도 활시위를 팽팽하게 끌어당긴다

침잠 / 김홍님

도심의 변두리 은하수 횟집엔 몇 년째 봄이 오지 않는 불온한
날들의 연속이다 사지에 몰린 꼬리들이 안간힘을 다해 발버둥
을 칠 때마다 해수에 젖은 눈물이 뿌리를 타고 흘러 온몸으로
전이 되고 한적한 정류장 앞 묵은 벚나무 두 그루 숨통을 서서
히 조여오고 있다

살아서 부끄러웠던 그해 봄
꽃샘바람이 불었는데
사월의 벚꽃 아래 창백하게 웃던,
가볍게 두른 머플러가 야윈 목선을 가려 다행이라고 생각했지
살았다고 안도할 수도
죽는다고 포기할 수도 없는
눈물샘을 관통한 찬란한 망각조차
사치가 되어버린 호스피스 병동
링거 속으로 비구름 햇빛 바람이 따라와
달팽이관을 자꾸 간질거려
넌 이국의 먼 산을 바라보고 있었어

서서히 물드는 것들의 슬픔이란 아주 작은 바늘구멍에서부터
천천히 빠져나가는 일이다 아무도 모르게 흔적 없이 내 자리를
내어주는 일이다 봄을 잉태할 수 없는 은하수 횟집 정류장엔
실어증으로 미처 빠져나오지 못한 시린 심장이 있어 몇 년째
꽃이 피지 않는 불온한 날들의 연속이다

우포 / 김흥님

어쩌자고 깊은 수렁에 뿌리를 내렸던가
세상 모든 슬픔은
봄날, 우포늪 강가에 널브러졌다
몽환의 물안개 걷어내면
왜가리 물그림자 드리운 꽃무덤 사이
늪의 경계를 두고
마르지 않는 누선(淚腺)
깊은 우물에서 눈물을 퍼 올리고 있다
우포늪에 가 보라
거기, 늪 골짝마다
하얀 머리 풀어 헤친 꽃 봉분
찔레 가시덤불에 갇혀
오지 않을 사람을 기다리다
망부석이 된 나룻배
허름한 등짝 쓰다듬고 돌아오는 길
찔레 향 코끝에 달고
연신 뒤따라오는
개구리떼 울음이 더욱 섧더라

108

벽 / 김흥님

아주 오래된 담벼락 앞에 설 때가 있다
푸른 이끼와 곰팡이로 덧칠한
묵은 세월의 흔적이 그려낸 벽화와
담벼락 돌 틈 사이를 비집고 피어난 들꽃 무리라도 만난다면
그 풍경은 세상에 둘도 없는 명화다

벽은 고독이다
벽은 소통의 부재다
벽은 시간의 침묵이다
벽은 보이지 않는 아우성이다

말 한마디 비수에 찔려 철옹성을 쌓기도 한다는 그 피폐한 벽
앞에도 실낱같은 희망은 있어
오늘도 담벼락 밑 철없이 핀
민들레 한 송이, 면벽 수행 중이다

어린 왕자 / 김흥님

해거름 녘 짙게 내려앉은
남보랏빛 유혹을 뿌리칠 수가 없어
장복산 하늘 마루에 올랐지

언제부터 거기 서 있었을까?
소행성 B612 어린 왕자가 사막여우와 함께 진해만을 내려다보고 있었어

"세상에서 가장 어려운 일은 사람이 사람의 마음을 얻는 일이란다."

소원해진 관계들이 길들기까지는
수많은 시행착오를 거쳐야 해
이미 길들여진 애지중지 아끼던 것들이
미끄덩,
손가락 사이를 빠져나가자 일순간 사라져버린 존재의 부재

홀로 서 있는 오래된 습관은
모순에 빠지기 십상이야

안녕, 떠나 온 장미를 생각하고 있니
말없이 밤하늘을 헤아리는
어린 왕자 주머니 안쪽에서 양 한 마리 부스럭거렸어

이내, 땅거미가 뱀 허리를 틀어 안고
속천 바다를 향해 달음질치고 있었지.

은사시나무 숲 / 김흥님

온몸 빼곡히 다이아몬드가 박혔다
햇살이 나뭇잎 사이를 어루만질 때마다
정작 빛이 나는 건
그 몸뚱이에 붙은 보석이 아니라
수없이 흔들리는 가녀린 이파리들이다
수피에 부딪히는 잔잔한 파열음
바람이 볼 살을 스치면
가슴 밑바닥 잠재운 욕망이 꿈틀거려
팔랑대는 잎사귀 사이로
은비늘 속살이 허옇게 드러난다

햇살을 향한 바람의 구애
흰나비 떼 무리가 하늘로 날아오른다

이듬해 봄, 솜털을 달고
꽃가루들이 소풍을 떠나온 뒤
복화술사가 퍼뜨린 흉흉한 소문이 나돌고
딱따구리가 집을 짓고
곤줄박이 박새 동고비 하늘다람쥐들이
세를 들어 살던 평온한 백양목 숲
재 넘어 도끼 찍는 메아리 소리
점점 가까워지고,

사시나무가 떨고 있다

詩人 석운영

☆ 프로필

부산문학 시 부문 등단
(사) 창작문학예술인협의회 회원
대한문인협회 정회원
대한문인협회 경남지회 정회원
한국기독교문인협회 정회원

수상
대한문학세계 신인문학상
대한민국 문학응모 대전 입상 외 다수
부산 문학 곰단지야 외 다수 콜라보레이션

♣ 시작노트

봄빛이 곱고 봄꽃이 곱다
시는 아름다운 노래이고
난 그 시를 노래하는 시인이다
살아있음이 느낄 수 있음이
이 모두가 행복이 아니던가?
한분 한분의 시가 합창이 되니
이 또한 아름답지 않은가?
많은 가지가 모여 나무가 되듯
그 무성함이 참 좋다

노을 바라기 / 석운영

검 붉은
저녁놀이
참 아름답지

그러곤
한동안 노을만
바라볼 뿐?
아무런 말이 없었다

그 곁엔
또 다른 내가 함께
서 있었다

멋찐 너 / 석운영

가을이 방긋
웃어 주었다

그를 바라보며
나도 미소로 답했다

나 사는 동안
너와 늘 함께여서
느무 좋다

너는
말하지 않고
조용히 다가와서
편하고 좋아

그런 친구는 더 없지

달맞이꽃 / 석운영

길가 핀
노란 달맞이꽃

누굴 기다려
게 서 있나

노란 웃음 짓고
님 애타게 기다리나

밤이 오면
남몰래 고운 달님
만나시려나

군고구마 / 석운영

군고구마
한입 베어 물면

고향 집 아래채
소죽 끓이던
알찐 숯불이 생각난다

군고구마
숯불에 묻어 꺼내 먹던
그 맛이 그리우면
그 추억과 나는
너무 멀리 와 있는 건가

빈 가방 / 석운영

빈 가방에
우선 마음이란 걸
담았습니다

사랑을 담고
이별의 아픔도 한컷
담았습니다

이것저것
담다 보니 그만
마음 가방엔
커다란 욕심들로
꽉 차버렸습니다

단 한 가지만
더 담으라고 하시면

나에게 주신
당신의 소중한 사랑
꼭 담을게요

그 사랑은
채우고 또 채워도
늘 부족하니까요

117

詩人 옥윤정

☆ 프로필

대한문학세계 시 부문 등단
(사) 창작문학예술인협의회 회원
대한문인협회 정회원
대한문인협회 경남지회 정회원

수상
2017년 대한문학세계 신인문학상

♣ 시작노트

삶을 생각 합니다
생의 바람이 나를 잡고
흔들며 살아 온
지난 시절의 그리움을 느껴봅니다
봄의 따뜻함과
여름의 열정
가을의 풍요로움을 알기에
지금은 겨울의 따뜻한 온돌방을 희망해봅니다
지난날 가슴속의 그리움을 추억으로
그려 보고 싶은 마음
시 속에 삶을 엮어 보려 합니다

그리움 이런가 / 옥윤정

오늘과 내일의
갈림길에서 잠 못 들고
4월과 5월의 갈림길에서
고뇌가 깊어지는 것도
그대 생각 때문입니다

꽃잎이 떨어지고
초록의 향연이 시작되는
길목에서
속으로 삼켜야만 하는 그리움
그대 생각 때문입니다

꽃도 지고 나면
다시 찾아와 피어나는데
지워도 지워도 더 그리워지는 것은
마음 깊이 새겨진
그대 생각 때문입니다

슬픈 교향곡 / 옥윤정

내리는 비의 연주가
고독 속에 젖어 들게 하는 것이
슬픈 영혼의 울림이런가

기쁘지 못한 것이
권태와 찌듦이 잠식해 버린
한계일런가

즐거움을 노래하는 것은
마음뿐
지난날 우울의 망각을 위한

수렁 속 허우적거림은
요사스러운 마음을
다루지 못한 형벌

밝아오는 아침은 분명
희망이겠지

나를 먹어버린 세월 / 옥윤정

배추벌레가
배추 입을 야금야금 먹어 치우듯이
시간을 먹어 없애 버린 것인가
즐거움과 행복을 좇아
지금까지 왔는데

먹어도 먹어도
부르지 않는 세월을
먹고 살아온 것이 아니고
아주 천천히
세월이 나를 먹고 있었구나

남은 날들
바람에 날리는 흰 머리카락
슈퍼 문의 달도
흔들리고 있네

삶이란 / 옥윤정

외줄 타기 곡예
죽죽 타고 가는가 싶다가도
아슬아슬하고

평지를 가는 것 같은
평온함과 아늑함이 있는듯하다가도
위험한 벼랑 끝에 서 있는 것 같고

떨어지는가 싶다가도
즐거움이 있는
알 수 없는 미로 속

즐겁고 행복할 수만 없지만
행복과 미래를 위해서
열심히 살아가는 현실

살아가면서 행복과 동행하고.
웃는 날이 더 많기를 기도합니다

가슴에 흐르는 고독 / 옥윤정

영혼에 한없이 흘러내리는 것이
빗물이겠지요
그리움에 속으로만 맴돌던
사랑한단 말
떠난 지금에야 할 수 있는 내 맘
그대는 아실는지요

보고 싶다는 말 못 하고
그냥 바라보는 눈빛
헤아려 보셨는지요
깜깜한 어둠 속에 그리운 별 하나
맘을 흔들어 놓고
사라져가는 그대

차디찬 겨울
시린 아픔이지만 머물러 주길 바라며
잡고 싶지만 잡을 수 없는 사연 아실는지
가슴에 흐르는 눈물이
아리는 사랑이었답니다

詩人 **이재용**

☆ **프로필**

대한문학세계 시 부문 등단
(사) 창작문학예술인협의회 회원
대한문인협회 정회원
대한문인협회 경남지회 정회원
대한문인협회 경남지회 (현) 자문위원 수행

수상
2015년 대한문학세계 신인문학상
2016년 한국문학 올해의 작가상

저서
시집 "찻물 끓는 소리" 출간

🍀 **시작노트**

자연 속에서 살다 보니 보고 느낀 것을
침묵으로 느끼고
자연의 시절 따라 느끼고
침묵을 그리움으로 느끼고
외로움의 흔적들을 자연의 속삭임을 담고 담아
저의 일상 속에서 차를 하고
자연을 벗하는 세에 공존하는 쉼터의
속삭임을 담아 온 흔적들을
시어로 소리한 것으로 ~~~

그대여 / 이재용

이름
부르지 않으면
이름이 아니다

사랑
사랑하지 않으면
사랑이 아니다.

그대여
오늘도 그대를
불러봅니다.

아~
나의 입가에
머무는
그대여~~~

찻자리 / 이재용

내 삶의 그늘에
찾아드는 인연이 있다면
모두를 품을 수 있는
사람이고 싶다.

넉넉하지 못하다 해도
아름답게 회상할 수 있는
여유로운 삶의 모습이고 싶다.

진정으로 다가오는
사람이 있다면 웃음꽃 피는
미소로 따뜻한 차를
나누고 싶다.

인생이 아무리 어렵더라도
마음이 있는 찻자리에
나눔의 삶의 미소로 맞이
하고 싶다.

따뜻한 정이 흐르는
찻자리로 ~~~

차 / 이재용

신비로운 천상의
선물이다.

이리저리 만지작
거리면
이런 맛 저런 맛
가지가지 맛이다

손끝에 정성스럽게
놀다 보면
한잎 한잎 모양새
가지가지 색, 향, 미
품고 반긴다.

입가에 미소 머금게 하는
신비로운 차
아 ~ 차는 참 좋은 것이다.

찻잔 / 이재용

정 담고 담아 물안개 피는 호수
밤에 내린 별들의 속삭임도
담아둔 호수

아지랑이 피어오르는 맑은 향기
정안수 같이 맑고 따뜻한 정성 어린 첫물차

정과 사랑 담고 담아 우린
다관의 차

하늘이 내려앉은 찻잔에
익은 차 따라 내리니 호수가
물안개 돌아 오르고

긴 세월 정든 찻잔 비우니
그 속에 묻은 정 녹은 흔적만
있네.

학춤 / 이재용

창공을 훨훨 날라
푸른빛 벌판에 내려앉은
천년의 학이어라

자기 영역 살펴보며
두리번두리번
이리 보고 저리 보고

임 찾아 구애춤 추는
하얀 학 날개깃 춤사위
참 좋구나

학의 춤사위에
여인들 반하지
아니 하리요

창공을 훨훨 날라
푸른빛 벌판에서
사랑놀이 춤이나
추어 보세.

詩人 **이종숙**

☆ **프로필**

대한문학세계 시 부문 등단
(사) 창작문학예술인협의회 회원
대한문인협회 정회원
대한문인협회 경남지회 정회원
대한문인협회 경남지회 (현) 총무국장

수상
대한문학세계 신인문학상
2019년 10월 2주 금주의 시 선정
2020년 명인명시 특선시인선 선정

♣ **시작노트**

풀꽃 하나에도
소중함이 있다는 것을 알았고
사물 하나에도 담아내야 하는
시향이 흐르면 글을 적었습니다

시를 통하여
더 깊은 생각을 말하고
더 바른 마음으로
삶을 깊이 보고 싶었습니다

마음이 맑아지고
행복한 생각을 전해주는
힘이 되는 글을 적어 공유하고자
시인이 되고 싶었습니다

아직 많이 부족하지만
더 깊은 사랑으로 글을 적어
보려 합니다

노점상 / 이종숙

연무을 헤젓고 뿌연 불빛에
퍼지르게 눌러앉아
안방이 되어버린 삶의 길

자작하는 노점에
몇 가닥 화양연화를 꿈꾸며
속절없는 바램으로
정염 일렁일 때는 두려움이 없었다

햇살이 꽃가루를 뿌리는 거리에는
출렁이는 파도처럼 하얀 이를
내보이며 웃음 짓게 하던 운김은
바람과 사라지고

구부러진 허리
하늘 보고 긴 숨을 토하며
수런수런 무슨 사연들이 많은지
앞서거니 뒤서거니
삶의 질곡들이 이어 간다

물위의 미학 / 이종숙

강물 위에 별빛이 떨어져 잠기고
동이 트는 새벽 종이 울린다.
사람과 사람들이 같이 산다고

닭이 시작을 알리고
사람의 온기는 미학을 품는다.
물이 흐르고 또 물은 흘러오듯이
흐르는 물은 보내고 내게로 오는 물은
그릇에 담아 본다.

아픔의 돌풍은 바위틈을 돌아
부드럽게 퍼지고
푸르른 하늘빛은 물줄기에
길을 터
물새들이 앉아 속삭이고

봄볕에 그려진 물속의 그림들은
같은 화음 환한 얼굴빛으로
내일을 열어 간다.

봄을 캐는 여인 / 이종숙

봄기운이 산란할 때
여인네의 치맛자락은
이슬을 쓸고 다니며 봄을 캔다.

조각하늘 틈새로
여인네의 손에는 보푸라기일 듯
봄을 캔 향기가 진동한다

복숭아 꽃망울이 봉긋봉긋
돋아나는 설렘으로
봄을 캐는 여인네의 가슴에는
꽃비 내리는 소리가 두근거렸다

이내 봄을 소쿠리에 가득 담아
안고 들어온 여인네는
가족들의 가슴에 봄 냄새를
담아 주었다

만남 / 이종숙

만남은
풍덩거리다 바람 따라 사라지는
새보다는
잔잔한 호수에 윤슬 같았으면 좋겠다.

만남은
만나고 싶을 때 만날 수 없는 사람이라도
조용한 숲속에 바람으로 다가와
그리운 향기이면 좋겠다.

만남은
매일 보는 형식적인 사람보다
눈 감으면 영혼으로
생각 없이 다가와 생각나게 하는
사람이면 좋겠다.

만남은
어디서 오든지 기분 좋은 기억으로
마음자리에 누룽지 되어
보고 싶을 때마다 고소한 맛이 나는
때때로 보고 싶은 그런 사람이면 좋겠다.

한 송이 꽃 / 이종숙

닿아 있는 네 마음
내 생각 끝에 아스라이 서 있어도

멀대로 피는 꽃은
작은 바람에도 흔들리지만

슬옹 차게 피는 꽃은
태풍도 잠재우며 어엿하다

꽃은 시들어도 향기는
남아 있어
내 사랑 우솔처럼 자라
한 송이 꽃은 여유 자작하다

詩人 **임미라**

☆ **프로필**

대한문학세계 시 부문 등단
(사) 창작문학예술인협의회 회원
대한문인협회 정회원
대한문인협회 경남지회 정회원

수상
대한문학세계 신인문학상

♣ **시작노트**

인생의 한 바탕 가치관이 함께 갈 수 있도록
노력하면 목적지에 도착한다

합리적이고 과학적인 교훈은 지켜나가는
덕목이다

놓칠 수 없는 시의 마음은 곤히 잠든
자연의 신비 속에서 사는 존재이다

풍요로움을 깨우쳐 주는 지혜이며
길이기에

신선한 햇살처럼 시 속에 들어와
쉬어가겠습니다

체험 / 임미라

파랗게 돋아온 멍 자국
쉽게 가다듬어지지 않은
냉기의 긴 호흡
거리의 나선형 빛을 따라
그 선명함이 더해지면
쉴 새 없이 쿵쿵거리던
귓속의 이명이
하얗게 변한 구공탄
구멍 속으로
깊숙이 빨려 들어간다

세월이 흐른다는 거
색 바랜 도화지만은 아니겠지
변하지 않은 소나무 한그루
기나긴 시간의 끝에서
타인의 사랑을 노래하고
설익은 뿌리의 한 가닥에
달콤한 낙엽의 맛을 읊조려
풋풋한 대지의 미소를 잉태하겠지

다시금 새로운 탄생에
먼 날을 기약하려
잔가지의 기억을 더듬어
오늘의 헛헛한 나를 다독여본다

문득 / 임미라

이 시간이 참 좋아
미처 몰랐을 색다른
설렘으로
질리지 않는 사랑 이거나
혹은 짙은 녹음 속이거나

꽃잎의 향기에 유혹되어
살짝 이파리 하나 베어 물면
입속에 환하게 퍼지는
하늘과 땅의 이유 있는 관심이
온몸을 진심으로 전율케 하지

문득 혼자스러운 웃음이
온 대지의 기운으로
퍼지면
오늘 하루만큼은 지치지 말자
하늘을 닮게 해준
푸른 녹음으로
소박한 치장을 하고
설렘으로 설레는
그 두근거림에
하루치의 가슴을 기억하도록 하자

경계 / 임미라

존재는 경계다
하늘과 바다
산과 들
그들은 서로를 침범하는
일은 없다

인간의 군상들
흔들리는 선을 따라
묘하게 경계를 오간다
하얀 가루
한껏 얼굴을 향해 뿌려라
오히려 선명하다
창자를 둘러싸고 있는
웃음이 가장 단순하다
좀 더 복잡한 뇌의 구조는
이미 찌그러진 얼굴의 형체를 가늠하기 어렵게 하지.
먹물을 찍어 발라 놓으면
그 모호함은 이미 더한 분별이 어렵다.

자신을 경계하라
자연이 그려 놓은 침범하지 않는 선명함을 닮아
지치지 않는 내일을 그려보라.

여름 / 임미라

잉여의 기운으로
여린 한숨마저 삼키고
하루의 시계는 초침으로 돌고 있다
내 몸안의 물기가
밤의 짙은 공기 속으로
하루의 시계는 초침으로 돌고 있다
내 몸안의 물기가
밤의 짙은 공기 속으로
빨려 들어가
땀의 미학을 노래하던 누군가의
또 다른 사랑의 세레나데가 되고
그 뜨거운 열기로 인한
기다림의 기다림을...

지쳐 쓰러진다 할지라도
멈출 수 없어
한 계절이 가고
새로운 계절을 맞이할 때면
자줏빛 외투 한켠에
내가 지켜온 그 계절의 열기를
한 움큼 남겨
내가 흘린 땀방울이
사랑을 지키려 한
눈물이었다고 말할래.

8월의 끝자락에서 / 임미라

진부한 논둑에
물새가 저공으로 비행한다
짙푸른 초록의 들판 위
하아얀 물새는
멀리서도 그 움직임이 섬세하다

미욱한 울음으로
꾸욱꾹
자신의 자리를 알리는 것은
무리에서 벗어나고 싶지 않은
가녀린 몸부림

회색빛 포도 위에서
서서히 유영하는 너를 본다
결국에는 어느 자리엔가
너의 긴 부리를 내려놓겠지

부드러운 흙내음에
달려온 너의 피로를 접어
온전히 감겨진 망막 위에
지친 하루를 누인다

詩人 **임판석**

☆ 프로필

대한문학세계 시 부문 등단
(사) 창작문학예술인협의회 회원
대한문인협회 정회원
대한문인협회 경남지회 정회원
대한문인협회 경남지회 (현) 홍보자문 수행
대한문인협회 경남지회 (전) 홍보국장

수상
2016년 대한문학세계 신인문학상
2017년 한국문학 발전상
2018년 특별초대시인 시화전
2018년 대한문인협회 금주의 시 선정
2018년 한국문화예술인 금상
2019년 짧은 시 글짓기 장려상
2019년 순우리말 글짓기 장려상
2020 명인명시 특선시인선 선정
2019년 시 소리로 삶을 치유하다 선정

저서
시집 "인생살이" 2017년 출간

♣ 시작노트

고요에 침묵 한 뼘 품어 채우고
기슭에 나의 돗자리 폭 뭔가 빠진 듯 펼쳐진 삶 자체
지금껏 새기고 익힌 인생 하나 연약해 가는 줄기 자태는
바람결에 획~익 휩쓸고 간 꽉 찬 울림을 남기면 이렇듯
시 속에 위안 삼고 여러분 앞에 다가갑니다
외곬에서 비껴 나와 시 수를 읊으며
그 곁에 호흡하고 싶습니다.

것처럼 / 임판석

그렇게 산다 그 영혼에 깃든 구속과 제약
오해와 원한 무서움과 두려움 두지 않는
현실 앞에 선 삶처럼

비창에 젖어 깔린 내면에 흠 없고 탈 없는
균형의 조화 포근히 안을 줄 아는 이 가슴에
젖어 드는 고귀한 인생처럼

싸리 빗질 깔끔하게 쓴 마당 깊은 밤 지나고
아침 열면 작은 것에 만족할 줄 아는
욕심 없이 비운 낸 세월처럼

운치에 젖은 낭만 자연에 접하는 아름다움과
고마움에 살다가는 보람을 느껴보며 즐거운
나날이 곁에 와 있는 세상처럼

일상생활의 삶 속에 기대선 인생
소중한 몸체를 기댈 수 있는 세월과 세상이
천년을 내려다보는 것처럼

아 가엽다 / 임판석

희한하다 한때의 찬 서리 찬 바람
견뎌 온 너 아 가엽다

수액이 얼음 되어도
원색의 향연을 펼치고
한 폭의 그림이 되었구나

계절의 바퀴를 밀어내고 이겨 낸
전신의 몸은 여려 색깔을 가진
한호성에 일월송과 동양금의
춤사위 멋지다

하얀 눈속에 백매화와 홍매의 꽃이
알리는 건 언제일지 모를
아스라한 곳에서 와
너의 숨결이 봄을 낳아 구나

꽃을 피우는 건
아름다운 것만 생각하라고
못 견딜 찬 서리에 젖은 꽃잎은
슬픈 눈물로 이슬 되어 차가운 날들을 견뎌 온
인내함 이여라

자연에 기대어 / 임판석

시간 속을 벗어나 밖으로 나서지만
막막히 홀로 걸어간 아련하고 희미한 길

첩첩이 우뚝 선 육중한 몸체 강에 담긴
비경 눈가에 시선 두면 자연은 안개 속이다

고요가 한 아름씩 산자락을 파고들면
젖가슴 속 깊숙한 골 가벼움에 껴안는다

발자국 옮김 숨찬 느낌을 잊은 체 마음 한 잎
섬섬옥수 자락 천하에 바람 소리 담는다

아침 햇살 하늘 찌르듯 꽉 찬 거목 이슬 매달고
초롱초롱 빛은 시름 일락 놓고 설움을 달랜다

발아래 여흘 여흘 저녁 나그네 맘 허위허위
헤어질 손길 흔들며 아쉬움 저녁노을에 진다

하롱하롱 해는 지고 억겁의 세월길에
자연의 잔잔한 미소에 안기다 가리다

아침을 여는 소리 / 임판석

먹빛에 박힌 물체를 쓸어내리듯 훑으며 헤매다
동이 터 오면 이슬 담은 풀잎 아침 햇살에
깨어나다 사라진다

백 년 계약의 약속처럼 어김없이 찾아주는
신선한 그 태고의 흐름은 영원불변에
아침의 선물이다.

작가는 현실에 마주하는 작품에 리듬을 타고
노래하듯 깨어난 자연의 틀에
조형화하고자 한다

조화롭게 어우러질 수 있는 눈부신 능력의
소유자 마음으로 선사하고픈 심정을
전하고 싶어서이다

얄팍한 무게의 욕심 더는 덧없음을 알기에
허상의 꼬달림에 나부낀 애욕 헹궈내고
햇살에 씻어 깨끗함에 치장한다

샘물처럼 맑고 햇살처럼 밝게 밤의 껍질을 벗긴
아침을 여는 소리 그 존재의 중심에서
단아한 표정 청화롭게 살다 가리라

어둠에 묻히는 산사 / 임판석

기슭을 휘돌아 발길 닿은 곳
어둠에 묻혀 잠들려는 산사

기풍에 풍경 삭인 목탁 소리
일체는 환상 같고 꿈길 같다

숨긴 사연 덮어 온 것 다스리며
부처 안고 마음의 때 씻어낸다

숨가파 허덕인 삶 내려앉은 자리
엉킨 시름들 속에 담겨 녹는다

몸에 실린 가부좌 힐끔 마주친
부처의 눈동자 흐름이 귀엽다

시선을 헤집고 손 뻗은 대청마루
가슴 대고 바람 소리 듣는다

더듬어 본 모진 세월
잃어버린 것들 여기에 서성인다

놓을 수 없고 머물 수 없는 심신
언젠가 여기 다시 찾아오리다

詩人 **장유정**

☆ **프로필**
대한문학세계 시 부문 등단
(사) 창작문학예술인협의회 회원
대한문인협회 정회원
대한문인협회 경남지회 정회원
대한문인협회 경남지회 (현) 기획자문 수행

수상
대한문학세계 신인문학상

♣ **시작노트**

동천을 밝히는
햇살의 존재에 생의 연분으로
문학에 향기를 담았습니다

살며시 찾아드는 고통과 시련 어느 뉘 없으랴
촉촉이 적시는 빗속에 소박함으로
어리석음도 비운 여인의 길이다

근본에 인생의 교훈 벗어나지 않고
처사에 합리적인 집념의 정신에 따라
비록 하잘것없는
글이지만 내 마음이며 나의 세계다

시와 함께 꽃밭 가꾸며 자연에 뉘고
행복을 추구하는 연인으로
시와 함께 하는 내 삶의 여정이다.

벚꽃 / 장유정

바람 편에 날리는 연서
조각조각
꽃 편지 물 위 쌓였다
그네 타듯 나르는 꽃잎
떨어져도 웃고

나의 노래
허무의 노래일지언정
누군가에게 힘이 된다
양면성
우리 모두 탓하지 말자

당신은 누군가는 꽃으로
피어
즐거움을 끝까지

신록의 숲이 오기까지
그 수많은 피날레 몸짓들
물 위 뜬 꽃 편지

그리움의 연서들
그대 그렇게 피웠다
봄날 연서를

사랑의 열꽃 / 장유정

그대 꽃사랑 소년 꽃 입술 소녀
발갛게 물드는 산천 향기
불어라 꽃바람이 태워라 불꽃이여
산천의 염문설 사랑의 열꽃

꽃 가지마다 그는 꿈꾸었다
날개 달고 마냥 꿈꾸었다
고운 꼬까신 신고 구름 속
왕자님 어느 닐까

까마득한 청춘 꿈의 나래들
열심히 살았었다고
험한 파도 위의 삶도 헤쳐 왔는데
이제 반백 너머 초로로 가는 삶

수줍듯 꾸었든 나래
이렇게 할미꽃 되어 가도
마음은 사랑의 열꽃으로
꿈꾸는 청춘 소녀가 되다

배 띄워라 / 장유정

봄비처럼
젖어 들어도
미련 없이 보내는 마음
가슴 아파라

이 또한
인연 아니기에
어하라 한세상 어찌
오늘만 날인가

타고난 성품
생긴 그대로
지니리니
날 따라 해서는 안 되리

세월에
거칠 것이 없는데
밤하늘은
싸늘하구려

아픔도 기쁨도
이 풍진 세상 아니든가
어하라 띄워라
세월의 배 띄워라

괜찮습니다 / 장유정

마음을 열면 그 긴 터널도
언제인가는
빛이 들겠죠

우린 누구나가
한 번쯤은
그 터널도 나의 빛으로
다가올 수도 있겠지요

비움 우리가 모두
그만 그만 삶들 속에
엮어가죠.

살아가는 생각은
다들 달라도
인생이란 발자국을 밟습니다

그리고는
삶이란 걸음을 걷습니다

마음의 창을
두드리면 비움의 행복도
때론 괜찮습니다

내가 중요하다는 것을 알기에 ~~~

금낭화 / 장유정

빨간 미소 수줍듯한
꽃주머니 꽃 등불

보란 듯이 피는 네 꽃에
누구를 위한 염원일까

볼 고시 염문 피우는 듯
빨간 등불

새색시 소원 빌 때
님이여 내게 오소서
사랑 향기 실어

꽃등불 향기 안고
당신의 가는 길에
언제나 따뜻한 꽃등불 피웁니다

사랑으로 전하는
새 아씨 등불
금낭화 향기 봄볕입니다

詩人 **전경희**

☆ **프로필**

대한문학세계 시 부문 등단
(사) 창작문학예술인협의회 회원
대한문인협회 정회원
대한문인협회 경남지회 정회원
농어촌여성문학회 회원

수상
2017년 대한문학세계 신인문학상

공저
2014년~2019년
농어촌여성문학회 동인문집 6회 출간
2017년 농어민신문 농촌여담 기고
2018년 월간 좋은 수필 4월호
　　　(4월이 오면 꽃구경오세요)

♣ **시작노트**

사는 게 바쁘다는 핑계로 한참을 시를 쓰지 못했습니다
이번 경남문집을 계기로 다시 펜을 잡아 봅니다
밝고 따뜻한 시를 쓰고 싶었는데
희망 사항이 되어 버렸습니다
시인님들과 함께 시집을 출판하게 된 것을
무한한 영광으로 생각하고
책이 만들어지기까지 수고하실 편집위원님들과
지금까지 수고해오신 전임 회장님과 임원진 여러분
현 임원진 여러분 감사합니다

행복 / 전경희

햇빛을
마주하고

지그시 눈을
감으면

온몸 가득
따스한 기운이

일상에서의
한가로움

나도 모르게
번지는 미소

시간여행 / 전경희

소싯적 이상의 날개를 접했을 때
그 난해함
이해되지 않던 문장들
봄이면 귀에 꽃을 걸었다

나풀거리던 내 어릴 적 동네 언니
그녀는 어느 낯선 별에서 온 것처럼
항상 웃고 있었다

무엇이 그녀를 웃게 했을까
자신의 왼쪽 귀를 잘라 매춘부에게 준
그 젊은 날 자살을 선택한
천재 화가 빈센트 반 고흐

이들의 돌연변이 적인 생각
자기만의 세계를 가진 희귀성
지금 고흐는 동생 테오와 나란히 누워있다

오늘 나는 까마귀가 있는 밀밭 길을 걸으며
"별이 빛나는 밤에"
대해 이야기한다

차 한 잔 / 전경희

꽃잎 담은 네 모습
새순처럼 싱그러운 모양새로
그리움인 양 다가와 있다

후~우 불면 뒷걸음질
한 잎 베어 물면
입안 가득 목련향

너에게로 향하는 내 마음
추억 한 움큼 몰고 와
날리는 봄비인 양 촉촉하다

오월의 산책로 / 전경희

오월도 중간을 넘기고
십수 년을 곁에 두고도
지금에서야
너에게 발길 둔다

찔레꽃 하얀 색감
일상을 노래하고
덩굴장미 가시 품고
지나가는 객 유혹한다

소나무 꽃술이 우뚝 서고
솔향에 몸이 절로 건강해질 것 같아
기지개를 켜고
온몸을 좌우로 흔들어 본다

뽕나무 열매가 익는 향
산딸기 꽃잎이 봉긋하니 어여쁘다

이 푸르름 속에
아카시아 향 머금고 봄이 가고 있다

바다 / 전경희

힘에 부치어
악을 써도
행복에 겨워
날아올라도
한결같은 마음
싫다
좋다
속 드러내지 않는
오늘은
무슨 일 있었는지
너의 이야기 듣고 싶다
내 안에
널 품고 싶다

詩人 **정숙경**

☆ **프로필**

대한문학세계 시 부문 등단
(사) 창작문학예술인협의회 회원
대한문인협회 정회원
대한문인협회 경남지회 정회원

수상
대한문학세계 신인문학상

🍀 **시작노트**

움츠린 추위 이겨내고
하얀 속살 드러내는
몽우리가 아름답다 못해
눈이 부셔 쳐다볼 수 없어요
순백의 목련처럼
하얀 여백에
내 마음 그려봅니다
영원히 가슴에 남을 수 있는
글을 남기고 싶은 마음
머무를 수 있는 곳에서....

여 정 / 정숙경

산 그림자
외롭게 길어져만 가고
나의 마음도 그 슬픔에
눈을 감아 버린다
내 인생에 여정은
어디에서 머무를지
내 머무는 그곳으로
쉼 없이 걸어가리다

행복을 곱게 포장하고
사랑은
보너스로 담아
내 생각이 머무는 곳에
놓아두리다

사랑도
행복도
영원한 곳으로

내 마음에 / 정숙경

바람 따라 솔솔 부는 봄바람
하얀 뭉게구름 너울처럼
내 마음 설렌다

샛노란, 연분홍빛으로
형형색색 다가와
가슴에 살포시 안기며
내 마음 모두 빼앗아 버리네

언제나 볼 수 있을는지
임 그리며 애타는 이 심정을
춘풍에 실으련다.

황혼 / 정숙경

붉게 물든 석양 아래
윤슬이 눈부신 은빛 모래

남몰래 눈물 감추어도
어느새 서글픈 석양길이
그림자 길게 드리우고

뚜벅뚜벅 걸어가는
황혼길은 짝 잃은
기러기 마냥 끼룩
울며 날아가는 형상에

남몰래 감춘 눈물이
차가워진 볼에 말없이
흘러내리노라

황홀하게 아름다운 날들이
주마등처럼 스쳐 가노라

밤비 / 정숙경

슬픔의 心路인가
기쁨의 눈물인가
번개를 동반하며
여름도 아니었거늘
하늘이 노했나보다

밤에 내리는 비는
왠지 더 슬프다
아득한 그리움이 온몸으로
전해온다

어느 하늘에서 살고 있는지
진한 외로움에 아름다웠던
시간이 파노라마처럼
스쳐 지나가고

사랑했노라고
지금도
아니
영원히

변산 바람꽃 / 정숙경

바람에 날리었나
모진 비바람
헤치고 차디찬 땅속
웅크린 채 불쑥 솟아 나온
앙증스런 너는
애타게 이 봄을 기다렸나 보다
아침이슬 곱게 머금고
고고한 자태로
발길 닿지 않는 곳에서
변산 아씨로 태어나
봄이 오는 길목에
임 마중 나왔구나

詩人 **조은영**

☆ **프로필**

대한문학세계 시 부문 등단
(사) 창작문학예술인협의회 회원
대한문인협회 정회원
대한문인협회 경남지회 정회원

수상
2018년 대한문학세계 신인문학상
순우리말 글짓기 공모전 장려상

♣ **시작노트**

하늘에 닿은 빈 가지와 그 가지를 흔들며 스치는 바람이 속삭인다.
세상 돌고 돌아 다시 만난다면
미소 지으며 인연이었나 하겠지.

봄을 기다리는 설렘에 부풀어 오른 매화처럼
내 마음도 문득문득 설레어 부푼 시어들이 피어나곤 한다.
매화의 향기야 따라갈 수 없겠지만
누구든 내 시어에 머물러 준다면
오래도록 기억되는 향기가 되고 싶다.

소곤소곤 바람 속에 향기가 / 조은영

지친 마음 잠시라도 향기롭지 않았을까요

버거운 삶의 무게에 터벅터벅 길을 걷다가
어느 집 담 너머로 피어난 그 꽃을 보고
봄 햇살 같은 포근함에 안기어
잠시 졸지는 않았을까요

혹독한 겨울날 눈의 순결함을 껴안고
고요한 봄의 숨결에 아낌없이 꽃잎을 열었으니
무심코 지나는 이 없겠지요

나 숨 쉬고 있음이 보잘것없다 해도
마음을 열면 그 향기 만 리를 가겠지요

우리 모두
아름다운 향기 품은 꽃이래요

봄 / 조은영

부드러운 햇살
바람도 따스하게

새들의 사랑 노랫소리에
잎눈 팡팡 꽃눈 팡팡
몰래몰래 키득키득
설레는 맘 밤잠 못 이루고
이른 아침부터 소란스럽다

돌담 모퉁이 햇살 가득
봄까치꽃이 새초롬 웃는다

꽃다지는 눈웃음 살짝궁 살짝궁
양지꽃은 한들한들 샛노란 웃음 짓고
봄맞이꽃도 덩달아 수줍게 웃는다

엄마 품에 나들이 나온 아가
노랑나비 힘찬 날갯짓에
첫걸음마 아장아장
엄마 얼굴에 함박꽃 피어난다

부드러운 햇살
바람도 따스하게
봄이 웃는다

가을 / 조은영

비요일에 만나요
속닥속닥
그대들의 가을 이야기를 들을게요

하늘이 수채화 그리는 날
그리움 촉촉한 추억 만들며
가을은 깊어만 가네요

갈바람
사그락사그락
먼 길 떠난다고 손 흔들어요

비요일에 만나요
그대 뒷모습 수채화로 기억할게요

빗속으로 / 조은영

여행 간다
늘어져 하품하는
능소화 손잡고 간다

빗방울 투둑투둑
우산 위로
내 마음속으로

비는
스치는 인연으로
나뭇잎에 동그랗게 내리고

비는
그리움의 필연으로
어떤 이의 마음에 고인다

여행 간다
빗속으로

구절초 / 조은영

소나무 떡갈나무 사이로
조금씩 새어 드는 햇살에
기지개를 켜듯
하얀 그 꽃은 피어난다

가을은 화려하게 물들며
마지막 인사를 하는데
구절초는 하얀 드레스 입고
가을 신부 되었다

도토리 툭툭
떼구루루 재주 한 번 넘고
그 옆에 사뿐히

도토리 주우러 온 다람쥐
꽃향기에 취해 들러리 서고
송곳니 드러낸 멧돼지도
코를 벌름거리겠지

늦잠 자고 일어난
애벌레 한 마리
그 꽃잎을 야금야금

눈치 없는 고놈 하는 말
꽃은 먹는 거야

詩人 **최윤서**

☆ 프로필

대한문학세계 시 부문 등단
(사) 창작문학예술인협의회 회원
대한문인협회 정회원
대한문인협회 경남지회 정회원

수상
대한문학세계 신인문학상
대한창작문예대학 졸업 작품 동상
2018년 문예창작지도자 자격 취득

공저
문학 어울림 동인지 (어울림)
대한창작문예대학 작품집 (詩 길을 가다) 외 다수

♣ 시작노트

낮과 밤의 여신은 쉼 없이
삶을 둘러매고 갈 길에 고개를 잇는
길목의 여행길에서
사계에 숲길을 걷듯 문학의 예술에 공존을 더하고
새로운 맛 점 들을 노릇노릇 요리하는
취향 저격의 여인으로 거듭나고 싶습니다
무릉도원의 아름다운 것처럼 처세에 다 하며
인고의 세월 그 자체를
자연에 신비함의 환경 속에서
시와 함께 문학의 어머니로 그리고 지천명으로
자라나겠습니다

솔밭의 향기 / 최윤서

초록이 싱그러운 아침
이슬방울이 또르르
잎사귀가 춤을 추고
연둣빛 새싹은
사랑스러운 아가의 웃음
빛나는 맑은 미소를 띄운다
투명한 유리 판타지에
사랑의 발길이 머물러
여린 속내를 멀거니 비추니
마주 잡은 손에
깊은 정을 나누는
어르신들의 묵은 세월이 보이고
사랑을 속삭이는
연인의 아름다움이
숲 속의 푸르름을 더해준다
보이지 않는 마음 밭
이슬처럼 투명하고
푸르게 살리라
강물처럼 유유히 흐르면서

그리운 손맛 / 최윤서

하늘과 땅의 막연한 평행선

생과 사에 가로막혀

근접할 수 없는 길을 헤맨다

반겨주던 어미의 품속

기약 없는 만남에

텅 빈 가슴이 무너진다

그리운 어미의 손맛

눈물 한 바가지 말아

동태찌개에 밥 한술을 뜬다

언제쯤 멈추려나

잡을 수 없고 잡히지 않는

허허로운 가슴을

추모관 / 최윤서

만지면 부서질 듯
노란 갈잎이
바싹 마른 울음을 삼킨다
먹먹한 가슴이
요동치는 눈물로
강물을 이룬 날
하얀 꽃가루에
그려진 얼굴
뿌옇게 흐려진다
짙은 그리움
하늘에 솟아올라
평안의 낙원을 짓는다

이런 삶이라면 / 최윤서

푸른 솔길 우거진
울퉁불퉁한 길을
천천히 걸어보자
흙과 더불어
산새의 지저귐을 노래 삼아
잠든 오감을 청아하게 채우고
나무를 그네 삼아 뛰는
다람쥐의 눈망울에
사랑도 듬뿍 심어주자
너른 바위에 앉아
마음의 소리로
시 한 구절 읊조리며
자연이 주는 선물로
영혼을 채우는
만족하는 삶이 환희롭다
이런 삶에
이런 행복을 어디에 비할까

진실의 힘 / 최윤서

산들바람에
고목이 초연하듯
얇은 종잇장의 가벼움은
그 무엇도 흔들 수 없다
숱한 모래바람에도
백사장은 존재하듯
작은 이해와 배려에도
사랑은 묻어난다
마음을 나눈 것이
전부를 나눈 것이 되는
진솔함을 귀히 여기는
삶이 되기를~~~

詩人 허욱도

☆ 프로필

대한문학세계 시 부문 등단
(사) 창작문학예술인협의회 회원
대한문인협회 정회원
대한문인협회 경남지회 정회원

수상
대한창작문예대학 졸업 작품 은상
대한문인협회 금주의 시, 명인명시 특선시인선 선정
순우리말 글짓기 장려상, 짧은 시 글짓기 동상
한국문학 향토문학상

저서
시집 "목련 그늘 아래서" 출간

공저
낙동강 갈대바람 (대한문인협회 부경지회 동인지)
우리들의 여백 (대한창작문예대학 졸업작품집)

★ 목차

♣ 시작노트

여느 겨울보다 길게 느껴졌던 지난겨울
그저께 내린 봄비가 잠자던 대지를 깨우고 있습니다
그렇습니다.

꽃피는 계절이 왔습니다
새로운 하루
새로운 시간을 이어옴에 감사의 기도를 올리는

우리의 삶에서
우리의 가장 소중한 이 시간
가장 아름답게 만들어가는 날입니다

세월 속에 묻힌 삶 / 허욱도

여름이 가면 가을이 오고
새싹이 나면
꽃이 저절로 피고 지는 것으로
세월도 그냥 그렇게 있는 줄 알았다

아무런 생각 없이 지켜온 자리가
숨 가쁘게 달려온 우리 부모님 등인데
지금껏 지고 오신
삶이 얼마나 무거웠을까

돌아보니 눈앞이 고희
남는 건 주름과 병마,
다 떠난 텅 빈 집
아득하기만 한
세상 얼마나 힘들었을까

저 모습이
세월 속에 묻힐 또 다른 내 모습
그러면서도
세월의 무게를 느끼지 못함이다

처진 어깨 지친 등
되돌려 드릴 수 없음을 알기에
뭔지 모를
그 무엇에 가슴이 아려 온다

아침은 다시 밝아오고 / 허욱도

한파가 물러간 자리 아직 어둠은 남아 있어
문고리 하나 움켜잡았던 손 놓고
얇은 옷 하나 입고 나가자니
아쉽기만 해도

인고의 세월을 견뎌낸 끝에
훈풍을 싣고 돌아온 봄이

서성거리던
겨울을 걷어내고
시린 어둠을 안아
응어리진 가슴 한구석으로
비집고 들어와

포근한 햇살로 속삭이는 소리로
멍이 든 가지를 깨우니

가슴에 봄을 안고
돋아난 새순은
마른 가지에 달콤한 아침을 데려온다

아픈 사랑 / 허욱도

철마다 좋은 옷 갈아입으며
나무는 그냥 서 있는 게 아니다

비질하는 바람을 맞으며
말라붙은 그리움이 층층이 쌓여 가는데
무심한 세월은 모른 체 발걸음 옮기고 있다

가녀린 가지에 걸려있던 수많은 우여곡절도
다 떨어지고
한 장 남은 나뭇잎에 아쉬움이 매달려 있다
세월이 계절을 몇 번이나 바꿔가며
쉼 없이 달려가도
언제나 그 자리를 지키며
언제나 그 세월의 기다림 속에서

나 홀로 하는 아픈 사랑
나무도 아플 때가 많다

봄눈 / 허욱도

잊은 듯 산다고 그립지 않은 것은 아닙니다
길을 걷다
머무는 한숨처럼
토해내는 이름 하나
보고 싶습니다

두고 온 하늘이 그립지 않은 것은 아닙니다
불러보다
소리 없는 메아리에
눈물 흘리는 얼굴 하나
보고 싶습니다

겨울눈이 내렸다고 그립지 않은 것은 아닙니다
꿈을 꾸다
마음속에 심어놓고
키워가는 그리움 하나
보고 싶습니다

오늘은 가슴이 아리도록 보고 싶습니다
다가오다
스쳐 가는 발걸음 속에
머뭇거리는 그림자 하나
보고 싶습니다

아버지와 수레 / 허욱도

아버지는 왜 허리를 접은 것일까

눈이 내리는 아름다운 풍경을 본지가 언제일까
눈이 녹아 질퍽거려 가는 길이 힘들어도
아버지는 접은 허리를 펴지 않는다

알맹이가 빠져나가고 없는
빈껍데기만 가득 싣고
휘청거리는 하루를 간신히 부여잡고 간다

어쩌다 보니 땅만 보는 신세가 되었다

아버지의 머리 위에 하얀 눈이 내린다
이 눈이 밟고 가는 마지막 걸음이 될까
아니면 눈이 내린 이 길을 또 지나갈 수 있을까

아버지는 하늘과 눈도 못 맞추고
닳아서 삐걱거리는 걸음으로
투덜거리는 수레를 힘겹게 끌고 간다

아버지가 허리를 접은 이유일까?

詩人 **황다연**

☆ **프로필**

대한문학세계 시 부문 등단
(사) 창작문학예술인협의회 회원
대한문인협회 정회원
대한문인협회 경남지회 정회원

수상
2019년 대한문학세계 신인문학상

♣ **시작노트**

바람처럼 달려온 세월
아득하다
시련은 깨달음을 낳고
고난은 행복을 다지는
초석이 되더라
남아 있는 내 인생길 여정
꿈을 다지는 길목에서
헛헛한 바람 시샘 일으킬 때도
사계절의 대지에 소망의 꽃씨를
뿌리며
한 줄 고운 시어에
위로를 담는다

연꽃 / 황다연

청정 공덕 햇살처럼
참 성품 지닌 연꽃

진흙 속 더러움에 물들지 않고
기품 있는 모습으로 초연히도
피었다

뜨거운 태양 머리에 이고서도
평정심 잃지 않는 곧은 자세
배우라고 한다

아름다운 자태로도 충분할 것을
뿌리부터 꽃잎까지 아낌없이
주는 사랑

보시바라밀 가르치는
부처님의 화신인가

꽃밭 매는 할머니들 / 황다연

사랑방에 모여 앉아 꽃밭을 맨다
손이 아리도록 쉬지 않는다

소싯적 섬섬옥수는
고달픈 시집살이 견디어 내고

자식 사랑 손주 사랑에 춤추었던
고귀한 그 손으로

사월의 싸리밭은 거두어 내고
홍단 청단에 웃음꽃 만발한다

날아가는 새 잡다가 피박을 써도
그까짓 것 파안대소하고 만다

고장난 다리 허리도 아프지 않은지
황혼기에 받아든 상이라 여기며

달콤한 자유를 누리는 할머니들
포상금이 소박하기도 하다

하하 호호 만족한 웃음소리
할머니 꽃밭 사계절 향기가 난다

희망의 빛 / 황다연

온실 속 화초처럼
세상 물정 모르다가

꿈을 품고 나선 길에
외로움 괴로움 함께 가자
따라서 오네

큰 꿈 앞장서니
작은 꿈도 뒤따르고

송알송알 맺히는 꿈
길게도 늘어선다

희망의 빛 멀다 해도
언젠가는 닿을 것을

내일은 순풍 불어
이 한 몸 녹이려나

가을 나들이 / 황다연

여자 셋이 모이면 접시 깨진다더니
여자 넷이 모였으니 오죽할까
시시콜콜 왁자지껄 까르르
폭죽처럼 터지는 유쾌한 웃음

남편 험담 잘근잘근 씹어대고
자식 자랑 송이 송이 꽃이 핀다
누렇게 펼쳐진 황금들판
굽어진 갓길 들국화 이야기도
끼어들 틈새가 없다

창가를 기웃 되던 햇살마저
저만치 물러나 앉고
가을을 만나러 나섰던 길은
하루 종일 웃음꽃만 만발한다

돌아오는 마지막 코스는 시골 오일장터
자판 위에 꽂히는 눈길은
기다랗게 가로누운 은빛 갈치
우리 남편 좋아하는데 한 마리 사볼까
남편 뒷담은 어디로 가고
사랑이 본래 자리 되돌아오니
또 한 번 까르르 터지는 웃음소리

세월 무상 / 황다연

봄이다 싶더니 여름 가고
가을의 풍요 즐길 새도 없이
눈 뜨니 어느새 긴 겨울 문턱이더라

세월의 끝자락 잡아두려 해도
카이로스 신처럼 꼬리 남기지 않고
후 루르 떠나버린 시간들

스산한 바람 쌓여 있는 낙엽
수없이 반복되며 흘러간 사계

그 세월의 길 위에 서서
뒹구는 낙엽의 쓸쓸함을 쓸어 모은다

자세히 보니 그곳에
추억이 그리움이 함께 공존하며
손잡고 쓸쓸히 웃고 있었다

세월 무상 그 속에는
헛되고 낭비한 시간이 모여
바보야 바보야 하면서
수군 되고 있었다

대한문인협회 경남지회 동인문집

시의 씨앗이 움틀 때

강건호　강선기　강선옥　강신정　권기식

김기홍　김두현　김미연　김시윤　김영전

김용직　김찬석　김철민　김향숙　김현도

김현주 김흥님 석운영 옥윤정 이재용

이종숙 임미라 임판석 장유정 전경희

정숙경 조은영 최윤서 허욱도 황다연

시의 씨앗이 움틀 때

대한문인협회 경남지회 동인문집

2020년 5월 1일 초판 1쇄
2020년 5월 6일 발행
지 은 이 : 강건호 강선기 강선옥 강신정 권기식 김기홍 김두현
　　　　　 김미연 김시윤 김영전 김용직 김찬석 김철민 김향숙
　　　　　 김현도 김현주 김홍님 석운영 옥윤정 이재용 이종숙
　　　　　 임미라 임판석 장유정 전경희 정숙경 조은영 최윤서
　　　　　 허욱도 황다연
엮 은 이 : 김현도
디자인 편집 : 이은희
기 획 : 시사랑음악사랑
연 락 처 : 1899-1341
홈페이지 주소 : www.poemmusic.net
E-Mail : poemarts@hanmail.net
정가 : 15,000원
ISBN : 979-11-6284-200-3